花開小路二丁目的花乃子小姐

小路幸也——著
吳季倫——譯

花開小路二丁目的花乃子小姐 目次

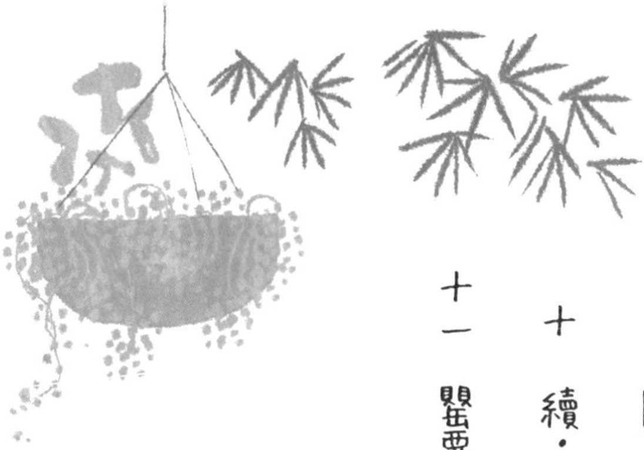

Prologue

我媽媽上面還有姐姐，按輩分說，就是我的阿姨。阿姨有個女兒，名叫花乃子。

換句話說，花乃子是我的表姐。

她的年紀恰恰大我一輪。

我們不常見面，但她那可愛又溫柔的笑容，始終在我腦海中縈繞不去。尤其印象深刻的是，每一回見到我，她總是露出一貫可愛而溫柔的笑容，以甜美的聲音喚我「芽依！」並將我緊緊摟入懷裡。

阿姨家的花坊，同樣令我記憶猶新。

那家花坊開在一條名為「花開小路」的商店街的二丁目上，叫做「韮山花坊」。我最喜歡花了。小時候第一次去那裡時，我高興得又蹦又跳的，當天晚上甚至興奮得連覺都睡不著。這些事我其實不記得了，是後來聽媽媽說的。

我真的很愛花。

如果要問我為什麼喜歡花，我也說不上來是什麼原因，喜歡就是喜歡，沒有理由可言。也因此，一想到即將造訪韮山花坊，也就是去花乃子姐姐家玩的時候，每每讓我期待得不得了。從東京搭電車到那邊大約要一個半鐘頭。小時候總想著等我上了中學以後，就可以常常一個人去那裡玩了。

遺憾的是，還沒等到我上中學，阿姨和姨丈就在一場車禍中雙雙撒手人寰了。

算起來是十年前的事了。那是我出生之後參加的第一場葬禮。當時七歲的我才讀小二。

阿姨和姨丈都對我疼愛有加，他們的猝然離世讓人傷心不已。可是到了那裡，看到會場布置著滿滿的花海，心裡十分讚嘆真不愧是花坊的老闆呀；但是下一秒，又覺得在這種悲傷的時刻我怎麼可以有那個心情欣賞美麗的花兒呢，頓時厭惡起自己實在是個壞女孩，想著想著不禁哭了起來。

結果，花乃子姐姐她……。

我最喜歡的表姐，這個剛剛失去了雙親的花乃子姐姐，竟然忍著自己內心的傷痛，一把抱住我，溫柔地笑著對我說：「芽依，謝謝妳今天來。乖喔，別哭了。」還有花乃子姐姐的兩個弟弟——小柾哥哥和小柊哥哥也來到了我的身旁，摸摸我的頭。

三個表姐表哥都非常、非常親切地安撫我。

有著好多好多花的韮山阿姨家。

我多麼希望自己能夠出生在那個有著花乃子姐姐的韮山家。

並不是因為我討厭自己家，而是太羨慕能在香花芳草圍繞之中長大的花乃子姐姐了。我不無稚氣地想著，花乃子姐姐之所以長得那麼可愛、那麼美麗、那麼溫柔，應該是她無時無刻都和花兒在一起的緣故吧。

後來，我只去過花乃子姐姐家三趟還是四趟。我當然很想去，可是媽媽說人家不方便，不怎麼肯帶我去。

不過，每一年我生日那天，花乃子姐姐從沒忘記送花來。有時送的是花籃，有時送的是盆花，同樣都漂亮極了。我透過電話或是寫信謝謝她的禮物。花乃子姐姐總是說，歡迎我隨時去找他們玩。

然而我……。

事實上，我剛進高中就遭到了霸凌。這是一段我最不想說出來，更不想回憶起的經歷。

就連究竟起因為何，我也不太願意思索。

說到底，只能怪自己不懂得察言觀色。

我想了又想，想了再想，最後得到的結論是——我不去學校就好了。

我並非沒有奮戰過。

做錯事的人不是我。只因為無法對霸凌視而不見，所以才出面阻止，起身反抗。

沒有料到的是，自己竟是那麼的脆弱。當發覺班上沒有任何一個同學願意並肩而戰的時候，我受到了很大的打擊。我哭了。我日也哭、夜也哭，實在哭得太厲害，一度以為連眼珠子都要被哭得溶化了。

不過，我不是那種終日以淚洗面乃至於精神崩潰，或是由於遭到這樣的打擊而動起輕生念頭的女孩。

就算全班只剩下我一個人死守戰線，我依然奮戰到底了。

可是，一旦選擇了繼續戰鬥，這場戰役必定會從班級內部的紛擾頓時上升到學校層級，連我的爸爸媽媽、全校教師甚至教育局處統統都會捲入其中，成為一場多方混戰。

至於結果可想而知，寡不敵眾。

我的援軍只有爸爸和媽媽，家裡必然從此變得陰氣沉沉，再也沒有快樂和歡喜。既然如此，不如乾脆了結自己的性命，把整件事鬧上媒體，這樣就能獲得最終的勝利？

開什麼玩笑，我才不想死咧！

那樣多不划算呀！

犯錯的是別人，為什麼我得替那些人賠上自己這條命，還連累家人傷心呢？

於是，我決定離開學校。說我認輸了也無妨，說我逃跑了也可以。反正那些還待在學校裡的人從此和我再也沒有任何瓜葛了。

不上高中也死不了。去別的地方一樣能夠學到那些知識，透過其他管道照樣可以取得高中同等學力。所以，我央求了爸媽。

「我想去『韮山花坊』工作。」

我求爸媽讓我到花乃子姐姐那邊半工半讀，取得高中同等學力的資格。

「花乃子姐姐，今年二十九歲，大我十二歲，A型。」

我在JR車站下了車，穿過站前廣場，左手邊的那條拱廊就是「花開小路商店街」。老舊的拱廊起點上方掛著一塊用可愛的字體漆成的「花開小路」四個大字，周圍還畫上種類不明的花朵圖案作為裝飾。

從那裡開始是一丁目，沿著拱廊底下穿行就會依次經過二丁目、三丁目和四丁目，從一到四丁目都屬於商店街的範圍。不過四丁目那邊沒有拱頂遮蔽，商家的數量也不多。聽說那一帶很久以前受過祝融之災，現在坐落著一棟大廈。

時序進入五月，一連好幾天都是豔陽高掛，我是穿短袖襯衫來的，而且刻意挑了件不怕髒的上衣，打算一到花坊就馬上幫忙店裡。反正即使哥哥姐姐攔著不讓我做事，我也得開箱整理預先寄到的行李。

「小柾哥哥和小柊哥哥是二十五歲，兩人同樣都是A型。」

這兩個哥哥是花乃子姐姐的雙胞胎弟弟，兩人長相一模一樣，幾乎難以分辨。小柾哥哥是哥哥，小柊哥哥是弟弟。聽說目前的區分方法是看髮型。

「小柾哥哥頭髮剃得短短的，小柊哥哥則留著一頭自然捲；小柾哥哥行動力很強，小柊哥哥則非常穩重，也不太出來接待客人。」

我把媽媽告訴我的資訊抄在小本子上邊讀邊複習。這個小本子是不久前買的，很可愛的粉紅色。要去人家家裡叨擾一段日子，有很多事情得先記住才不會失禮。

「姨丈和阿姨是十年前過世的，當時花乃子姐姐十九歲，小柾哥哥和小柊哥哥是十五歲。」

每每想到，區區十五歲的年紀竟在同一天遭逢了父喪與母喪，整顆心便揪得發疼。去弔唁時我才七歲，自然沒想那麼多，只記得三個表姐表哥都面帶笑容安慰我。

直到今天，我終於有些明白，花乃子姐姐和小柾哥哥和小柊哥哥有多麼堅強、多麼善解人意。

「『韮山花坊』位在二丁目北側最尾端的角落。開門時間是早上十點，打烊時間則是七點，隔週週二公休，不過公休日照常配送。午餐是十二點後輪流吃，晚餐通常在七點半左右，如果這時候恰巧接到指定時間送達的訂單則會晚一點用餐。」

我原以為開花坊的人都得一大清早起床去那種像市場一樣的地方採購，結果猜錯了。他們是在早上九點左右才到花卉市場進貨。

「一般都是小柾哥哥到花市批花，偶爾換成花乃子姐姐去，而小柊哥哥固定負責開門營業。」

小柊哥哥真的很宅耶。在我的記憶中，他就是個普通的小哥哥，可是根據媽媽的形容，他似乎「只喜歡待在家裡」，兄弟倆的性格可以說是南轅北轍。

「花坊對面有一家名叫『松宮電子堂』的電器行，隔壁的『波平』賣的鯛魚燒香甜好吃，斜對面那家叫做『寶飯』的美味中菜館有一個木熊的招牌。」

我走了一小段路，一家書店赫然映入眼簾。這家「大學前書店」雖然不在拱廊裡面，但還是屬於花開小路商店街的店家。店名「大學前」的由來是很久以前這地方曾經有過一所大學。附近的書店只有這唯一一家，我以後也會來這裡買書。

從這裡開始就是花開小路商店街的一丁目了。

時間還不到早上十點，路上的人並不多，但還是有形形色色的人經過。有準備開門做生意的老闆，有慢悠悠地騎著腳踏車的中年婦女。小型汽車可以進入商店街，但僅限商店街的人在一大早或深夜時段駕駛通行。

「哇！」

果然一眼就看到了！商店街的正中央矗立著一座玻璃罩。據說是某一天突然出現在這裡的藝術品。我走上前去看個仔細。

玻璃罩裡有一個相當高大的石雕人像。

作品的名稱是〈苦惱的戰士〉，一般俗稱為〈彼得那的劍鬥士〉。

「石像臉上的表情看起來的確很苦惱。」

這叫心有戚戚焉。正如傳聞中所說的，玻璃罩裡面留下了一只繡著「saint」字樣的手套，而這個「saint」是一名英國雅賊的稱號。不愧是古老的英國，居然真有只在傳說中聽過的雅賊！至於這座石像為何會在這裡出現，到現在仍是一個未解之謎。這一切讓人愈想愈興奮！

除此之外，位於二丁目的石像是〈古戎的五對翅膀〉，而在三丁目的則是〈海將軍〉。〈海將軍〉代表著許下永恆之愛的誓言，新郎新娘可以在那座雕像前舉行婚禮。光是想像在商店街的正中央辦婚禮的情景就覺得好幸福喔。

雀躍的心情令我加快了腳步。

遠遠地，美麗的韮山花坊就在那裡。店鋪外觀是綠色油漆的木板牆。號誌恰好轉成綠燈，我急著跑了過去。

迎面走來一位西裝革履的優雅紳士，戴著一頂帽子，身形格外高瘦。見到急匆匆的我，他微笑著摘下帽子點頭示意，我邊跑邊向他鞠躬問安。他的眼睛是藍色的！是外國人耶！

「早安！」

他也回了句「早」。聲音真有磁性。我猜，應該是住在這邊的人。沒想到這條商店街上也有如此迷人的老伯伯。

哇，這就是〈古戎的五對翅膀〉呀！

以後有空再慢慢欣賞吧。眼前就是韮山花坊了。

還不到十點，褐色的店門已是開著的。一個頭綁長馬尾、身穿綠圍裙的女生正在把花搬到店門前。

「花乃子姐姐！」

花乃子姐姐幾乎是跳著轉過身來，一看到我就笑逐顏開。

「芽依！」

她張開一雙線條優美的纖長手臂將我擁進懷裡。我都小學畢業好久了，被人這麼摟著有點害羞，可是我也同樣用力抱住她。

花乃子姐姐身上好香。這氣味不是香水，而是一種天然的花香。

「芽依來啦？」

店裡傳來一個男生的聲音，接著走出來一個頭頂短髮、酷似布萊德・彼特的小柾哥哥。站在他右肩旁的是蓄著長長的自然捲髮的小柊哥哥。他的頭髮真的好捲喔。

兩個哥哥都笑嘻嘻地說歡迎我來。

「寄來的行李都擺在房裡了。等下幫妳一起打開來歸位。」

花乃子姐姐說著並鬆開我，我扯平衣服抹順頭髮，面向大家立正站好。

「以後要在這裡叨擾了，請大家多多照顧！」

從今天起，這裡就是我的職場。

並且，也是我的家。

一　木立百里香×太陽花

位於二丁目仲街的 La Française 是一家法式餐館。不過，這裡做的不是電視上那種貴得嚇人的高級料理，而屬於法國當地的家常菜，便宜又好吃，用餐時間總是門庭若市。聽小柾哥哥說，以營業額來說，在花開小路商店街上的所有餐飲店應該是這一家拔得頭籌。

我也喜歡吃他們的菜。

雖然來到這裡才一個星期，總共也只吃過兩回 La Française，但那加入厚片培根的普羅旺斯燴菜、乳酪焗嫩雞、紅酒燉牛肉、焗烤鱈魚馬鈴薯等等從來沒吃過的菜餚，每一道都好吃到讓我連舌頭都差點吞下去了，那幸福的感覺彷彿置身於天堂！難怪這家店天天高朋滿座。

「芽依的生日是六月十八號吧？」

花乃子姐姐邊走邊問。

「對。」

離現在還有一個月。到了那一天，我就滿十七歲了。

「十七歲噢……」拎著帆布工具包的花乃子姐姐笑了笑。「幾年前的那個小不點居然已經十七歲了，果然歲月催人老，我都變成大嬸嘍……」

「花乃子姐姐還那麼年輕，才不是大嬸呢！」

「是哦？謝謝妳的肯定！」

花乃子姐姐笑著說。我是真的、真的打從心底認為花乃子姐姐看起來超年輕的，就算說她還不到二十歲也沒人不信——嗯，好吧，這句話可能有點過了。

星期日的下午三點。

我們利用 La Française 的午休時段去更換店內牆邊的花卉裝飾。姐姐說這叫「花藝布置」，也就是直接帶著花材到餐飲店或旅館大廳之類的商業空間，卸掉舊的花藝作品，重新插一盆。

插花的人當然是花乃子姐姐。雖然小柾哥哥有時候也會一起去，不過僅限於不能讓姐姐單獨一個人去插花的危險地方。所謂的危險地方，是由黑道經營的酒吧或夜店那一類不放心女人隻身前往的店家。雖然花乃子姐姐不曾在那裡受過什麼人身威脅，畢竟長得那麼漂亮，總是免不了引來各種奇奇怪怪的人調戲搭訕。

想想，小柾哥哥和小柊哥哥一向異口同聲地讚譽親姐姐是大美女，而且說得那麼理直氣壯。姊弟情深當然是好事，只是，我知道不該這麼說，但他們兩個好像有那麼一點點戀姐情結的傾向……。

不過，也不能怪他們這麼認為，畢竟花乃子姐姐確實是完美的女人。這樣一個完美的女人到現在依然小姑獨處，實在令人費解。至於箇中緣由，我想還是等以後再探問比較好。

今天使用的花材只有雪白的海芋、橘色的海芋以及縷絲花這三種。前幾天我才學到了縷絲花就是滿天星。滿天星的花朵是細碎的小白點，花莖雖然纖細卻十分堅韌，加上一大把滿天星就能營造出相當華麗的氣氛，屬於經常使用的花材。這家餐館的老闆二宮伯伯喜歡這種簡素單純的花藝造型。

「午安，韮山花坊來換花了。」

我們推開玄關的褐色木拱門，廚房裡面傳來了「請進」的歡迎聲。

「午安。」

「喔，是海斗？」

原以為出來應門的是二宮伯伯，結果是二宮家的公子、與我同齡的海斗。

「只有你一個顧店？」

海斗有些難為情地笑著點了頭，回答花乃子姐姐的詢問：「我爸和我姐都出門採購了，吩咐我轉告花乃子姐麻煩您幫忙插花了。」

「好的，遵照辦理。那，我們開始動手囉。」

花乃子姐姐輕輕點頭，走向擺在店內牆邊展示櫃上的大花瓶。我抱著用玻璃紙和報紙捆紮的花材跟了上去。

「咦？」

花乃子姐姐狐疑地側著頭，覺得展示櫃的照明有些黯淡。

「海斗，這裡的燈似乎不亮了。」

「啊！」海斗喊了一聲，「我爸吩咐過要換燈泡，居然給忘了！」他面露為難。「不好意思，我可以去一趟『松宮電子堂』嗎？得去買燈泡回來才行。」

「沒問題，我們會幫忙顧店。對了，芽依也一塊去吧，小柊讓我們回去前順便買一條木工專用膠，對吧？」

「好呀。可是，『松宮電子堂』不是電器行嗎？」

我原本打算插完花後騎腳踏車到居家用品賣場買。

「那裡也賣木工專用膠哦？」

「所有工作上用得到的東西在松宮老闆那邊統統都買得到。」

原來那是一家什麼都有、什麼都賣的電器行。

踏出餐館後，海斗問了我：

「適應了沒？」

「嗯。」

我已經完全適應這裡的生活了。

「我也沒想到自己的適應性還挺高的。」

海斗跟著我笑了起來。

抵達這裡的第一天晚上，小柾哥哥說要慶祝我展開新生活，特地在La Française訂了一個包廂。我在那裡享用了一頓豐盛的美食。擔任主廚的二宮伯伯喚來海斗，向我介紹了這個與我同歲的兒子。二宮伯伯笑著說：「這小子就是體力差，其他方面倒是挺可靠的，有什麼事儘管差遣他去做吧。」從他瘦巴巴的體型看來，大概毫無體力可言，但是腦筋堪稱聰明絕頂。他目前就讀的高中是這一帶數一數二的名校，成績更是全學年第一名。他不僅天賦優異，性情也十分開朗，和附近鄰居相處融洽，不少周邊的情報都是他告訴我的。

我們約好了，過陣子等我把一切安頓好了，開始準備高中同等學力考試的時候，他願意教我功課。

我猜，這可能是花乃子姐姐和二宮伯伯事先商量好，特地幫我在這裡找個同年紀的朋友作伴。我其實比較希望能有個女生朋友，幸好和海斗相處起來非常輕鬆自在，無話不談。可以想見他在班上一定人緣很好。

「如果有功課要問，隨時說一聲。反正我沒參加社團，一放學就回家。」

「先謝了。我打算等熟悉了店裡的工作以後，再開始準備考試。」

「嗯。」

海斗點點頭。他雖說自己一放學就回家，但其實是到餐館幫忙。這也是我佩服他的其中一個理由。

我們經過〈古戎的五對翅膀〉的石雕後，海斗忽然欲言又止地望向我。

「怎麼了？」

「我姐她……」

「美海姐姐怎麼了嗎？」

美海姐姐，比海斗大四歲，今年二十一歲，我只見過面打過招呼。她是個笑容溫柔，有著俏麗短髮的姐姐，目前在自家的店裡幫忙。

「反正妳遲早會知道我就先說了，她喜歡小柊哥哥。」

「真的假的？」

美海姐姐喜歡小柊哥哥？

海斗朝我比了個抱歉的手勢，臉上也透著幾分歉意。這……用不著向我道歉吧。

「原來有這麼回事。可是，你是怎麼知道的？直接問的嗎？他們已經在交往了嗎？」
海斗苦笑了。
「我沒問，他們也還沒交往。我老姐那個人，心裡想什麼全寫在臉上。她在小柾哥和小柊哥面前的表情動作完全不一樣，一看就曉得了。」
「是哦……」
我回想了一下，前兩次在 La Française 用餐時美海姐姐沒空過來聊天，所以我沒能察覺。
可是，這麼說……
「小柾哥哥和小柊哥哥都知道這件事？」
「應該知道吧。只是不曾當面提過。」
我明知這樣很沒禮貌，頭頂上仍然不由自主地在冒出一堆眼睛看不見的問號。
「不曉得美海姐姐是怎麼知道自己喜歡哪一個、不喜歡哪一個的呢？」
聽我這麼一說，海斗也點頭表示懂我的意思。
「呃，大概是看性格決定的吧。」
說得也是。他們兩人的長相、身高、聲音全都一模一樣，這樣一來，當然只能從性格來區分喜不喜歡了。

「美海姐姐一定是比較喜歡穩重的男生。」

我這麼說是為了顧全小柊哥哥的面子。海斗的表情也有點微妙，勉強擠出了一個笑容。用穩重來形容小柊哥哥的性格當然沒有錯，問題在於他太穩重了。

很久沒有和表哥相處，而我也長大了，對於男生的個性啦、喜歡上一個人啦這些事情略懂一些，正因為如此才更令人訝異。

小柊哥哥穩重的程度堪稱非同小可，甚至可以說是到了社交恐懼症的地步，根本沒辦法和別人交談。偶爾有客人向躲在店裡面做事的小柊哥哥問話，他一概悶不吭聲。他並不是把人家的話當成耳邊風，而是根本無法抬頭看著對方，也沒辦法發出聲音。所幸附近鄰居和熟人都當他是沉默寡言，不善交際，而常客當然也能理解這個情形。

還好他是個英俊瀟灑的超級型男，並且自家是開店做生意的；萬一他長得面目猙獰而且不得不去外面工作，我簡直不敢想像他的人生之路會是多麼崎嶇難行。

「我覺得，他們出生的時候，兩人份的活力統統留在小柾哥哥那邊了。」

海斗點頭附議。

「既然提到這個話題……」

「嗯？」

海斗回頭望向某一家店。

「一丁目那邊不是有家『名取皮鞋店』嗎？」

「我知道。」

不久前我才去那裡買了橡膠運動鞋和橡膠長筒靴，兩雙鞋子的外型都很可愛。在店裡幫忙時不能沒有長筒靴。花坊需要大量用水，若是一般的布鞋一下子就濕了。腳上一整天套著濕濕黏黏的布鞋，真的很不舒服。

「名取皮鞋店的弘樹哥，很喜歡花乃子姐喔。」

「你說什麼？」

我見過那位弘樹哥哥了。花乃子姐姐帶我去買鞋時向他介紹過我，請他往後多多關照這個小表妹，身材魁梧的弘樹哥哥用力點了頭，笑著答應下來，「包在我身上！」

「聽說他們是同學？」

「對，從小學到高中都是同學。」

話說回來，絕大多數在這條商店街上長大的孩子，從小學到中學都是同一個班級或是同學年的同學。我有點羨慕這樣難能可貴的情誼。

「感覺是個體貼又可靠的男人。」

「可靠得很，他可是劍道五段喔！」

「好強喔！不過，花乃子姐姐沒有答應和他在一起吧？」

「是啊。」海斗說。「很多人都想追花乃子姐，可是她從沒和任何人交往過。我姐也不明白為什麼。」

「到底是什麼原因呢？」

海斗歪著腦袋，「我也不知道啊，只能問她本人了。」

我或許可以試著問問看，但要再等一段時間。

「商店街上還有沒有其他值得一提的特別人士，或是和花乃子姐姐有關的人物呢？」

我把握機會多打聽一些情報。海斗側著頭思索了一下。

「我不知道這算不算是特別人士，在名取皮鞋店對面的赤坂食堂，不久前『刑警』搬回來住了。」

「『行井』搬回來住？」

我聽得一頭霧水。

「『赤坂行井』是人名嗎？」

「不不不，我說的『刑警』是警察。赤坂爺爺的孫子在那裡一直住到中學才搬走，當上刑警以後又回到了這條商店街。名字是赤坂淳，聽說是弘樹哥的劍道社學弟，他應該也認識花乃子姐吧。」

這條商店街上住著一名刑警。挺特別的。

遇上配送訂單很多的日子，小柾哥哥有時候忙到傍晚還沒辦法回來，不過今天的訂單不多，所以我們四個人一起待在店裡做事。

「花乃子姐姐，那本是什麼書？」

擺在櫃檯底下的那一本厚厚的書，一直勾引著我的好奇心。花乃子姐姐微笑著回答：

「噢，妳問那本書呀，拿起來看沒關係。那是我們家的寶典。」

「寶典？」

那是什麼？《花之祕典》？

「專門記載花語和生日花的書，應該聽過吧？」

「生日花……」

好像聽過。花乃子姐姐把書捧上來。

「這是來自英國的古書，書齡已經有一百五十年了。」

一百五十年！那麼古老的書！咖啡色皮革的書皮變得破破爛爛的，原本應該寫著書名的地方已經破損得連一個字都看不見了。

「我爸爸年輕時在古書店看到買下來以後，一字一句親自翻譯了整本書。妳看。」

花乃子姐姐揭開書頁，上面有可愛的花卉圖案以及英文文字，旁邊還有用鋼筆寫下的譯文筆跡。

「這是姨丈寫的？」

「是呀。」花乃子姐姐點了頭。「花語和生日花的典故通常出自各個國家或地區的古老文獻，所以有時候不同地方的說法會出現很大的差異。」

「這樣哦。」

「對。如果有客人問起，就可以翻開這本書告訴他們。不過呢……」她微微皺起眉頭。「這本書非常古老，有些花語不太合時宜了。舉個例子來說，像這個十月三十號的生日花『翠蝶花，又稱瑠璃蝶草』，花語居然是『惡意』。」

「天啊，真的耶！」

我們兩個笑做一堆。背後的小柾哥哥和小柊哥哥也跟著笑了起來。

「遇到這種情形，就得立刻上網搜尋，有時候可以查到其他的花語，所以這裡除了『惡意』以外，還手寫補上了『謙遜』。」

「原來如此。」

花語的解釋會隨著時代和國情而有所變化。

「對了，來查查芽依的生日花！」花乃子姐姐輕輕揭開另一頁。「我看看……六月十八號的生日花是『木立百里香』唷。」

「『木立百里香』？」

第一次聽到這個花名。

「也稱為木立麝香草。有沒有聽過一種香料叫『百里香』？」

「聽過。」

「就是它，現在通常只簡稱為百里香。這種香料的用途很廣泛，我想妳應該在不同的料理中看過它的葉子。它的花朵模樣很可愛喔！」花乃子姐姐頓了頓，接著說：「可惜現在家裡沒有百里香……下回批一些回來給妳瞧瞧。」

我的生日花屬於香料的一種。本來期盼自己的生日花最好是常見的主流花卉，如果樣子可愛更是再好不過。不過這樣也好，至少用途廣泛，對人類生活有所貢獻。

「對了，它的花語呢？」

花乃子姐姐臉上盪開笑來，伸手指向書頁，寫在書上的是……「勇氣」。

「寓意甚佳。」

勇氣。嗯。

「真不錯。咦，那花乃子姐姐和小枉哥哥和小柊哥哥的生日花呢？」

「我們的生日花哦……」花乃子姐姐嘟起嘴巴，「我的是這個。」

三月十七號。

「『豆科花卉』？」

什麼跟什麼嘛！我忍不住笑了出來。

「還好花語寓意滿好的，是『幸福必定來臨』。小枉他們是十一月三十號，妳自己看吧。」

「『枯草』？連花都不是！」

而且它的花語是『靜待新春』，就是枯草原本的意涵。

「太慘了吧？」

我看向兩個表哥，他們露出「糟糕，被妳發現了！」的無奈表情，尷尬地笑了。

「這一天的生日花在其他書裡還有『大花杓蘭』或『蘆葦』，但是無論哪一本都不會漏掉『枯草』這一項。所以呢……」花乃子姐姐促狹一笑，「我們姐弟之間盡可能避免聊起彼此的生日花的話題。」

我從以前就對花坊的日常工作很感興趣，現在才知道其實非常辛苦。不僅要幫切花換水，要給盆栽澆水，還要清掃觀葉植物的落葉。

最讓我感到新奇的是修剪花瓣。拿玫瑰來說，花朵會愈綻愈開，花形變得鬆散不好看，因此要適時摘掉外側的花瓣。還有，玫瑰一進貨就要立刻除去莖上的尖刺，否則在紮成花束時會受傷的。

另外，韮山花坊有別於其他花坊的特色是，從花籃、花盆、放置觀葉植物的箱子甚至是花瓶，統統都是自家手工製作的。

「一般花坊都是去外面批來賣的。」花乃子姐姐告訴我。「但是我們家小柊心靈手巧，全都是由他親手做的，這樣利潤也比較高。」

比方銷路很好的藤蔓編織花籃，小柊哥哥三兩下就能編出一只，而且頗具藝術美感，就算擺在家飾用品店裡託售也一定非常暢銷。

店鋪的後半部是花器製作處，小柊哥哥總是窩在那邊埋頭苦幹。

「這些藤蔓是從哪裡來的？」

小柾哥哥指向窗外，回答我：

「離鎮上有一段距離的那座山，叫做櫻山。從那裡採來的。」

「山？」

「對。」花乃子姐姐說。「如同山名，每逢春天，滿山遍野都是美麗的櫻花。那裡還有一座叫做櫻山公園的遊樂園喔。雖然是昭和時代蓋的遊樂園，現在已經很老舊了，但是我們小時候常去那邊玩。」

「也常常到那裡遠足。」

小柊哥哥補充，小柾哥哥跟著點頭。

「山頂上有一座寺院，名叫觀櫻寺。芽依以後也會去那裡。」

「去寺院？」

我不懂為什麼要去那裡。小柾哥哥解釋：

「葬禮。」

葬禮？

「不要覺得不吉利。葬禮對花坊來說是很重要的收入來源。」

「啊，對喔！我們也要送花去那裡。」

大家紛紛點頭表示我說對了。

「用『顧客』這個字眼或許有點市儈，但每個月一定會去那邊幾趟也是不爭的事實。」

我正尋思著開花坊的人在業務上確實需要去寺院，這時候，忽然發現花乃子姐姐的表情有一點，真的只有一點點不太尋常。恰巧有個顧客此時踏進店裡，她隨即換上了常見的笑容。

是我多心了？為什麼表情變了呢？我不知道理由，但十分在意，很想弄明白是怎麼回事。

不過，現在不是想那些事的時候。花乃子姐姐已經開始接待上門的客人，我趕緊站到她的背後待命。

我現在還派不上用場，只能利用顧客上門的時候跟在花乃子姐姐後面偷師學藝。

來到花坊的客人很少是只來逛逛而不買花的。理所當然，通常都是需要買花的人才會專程來一趟，所以一看到顧客的目光投向店裡，就要立刻上前詢問：「請問想找什麼花嗎？」或是「今天想要哪一種花呢？」尤其是男士進了花坊不免有些手足無措，最好要盡快上前接待。

剛剛進門的顧客是一位年輕的男士。看不出來大約幾歲，成年男人的年齡我現在還猜不準。差不多是二十五歲到三十歲左右？像是正正經經的上班族。

年輕男士有些難為情，額前冒汗。但也可能是花乃子姐姐就站在他眼前的緣故。

「呃，我想送花做為生日禮物。」

「好的。」花乃子姐姐露出溫柔的微笑。「請問對方是女士嗎？」

「對。請問……女生是不是會在意花的含意？」

真的要親眼看到才曉得，原來男士到花坊會這麼緊張喔。花乃子姐姐側了側頭，回答：

「不一定，不過，多數女性對算命占星之類的訊息，就算不到深信不疑的程度，也多多少少會留意一下，所以送花時最好選擇花語吻合贈送的目的，或者是寓意通俗的比較好。」

「這樣啊。」

「如果是祝賀生日，建議致贈配色鮮豔，或是適合對方的色系，或者對方喜歡的色系。」

「好。」

年輕男士點著頭，然而一臉迷惘。與其用迷惘來形容，其實更接近不知所措。

「我完全不知道該怎麼選。」

他不好意思地笑著說。

「請問預算大約多少呢？」

「噢，那倒是無所謂，但如果送太貴的，可能會讓對方覺得有壓力，所以差不多中間價位的吧。」

「您想送傳統花束嗎？還是這樣的插花或是歐式花束？另外還有盆花可供選擇。如果是生日禮物，現在還有像這樣的組合。」花乃子姐姐邊說邊請客人看店裡陳列的商品。「鮮花可以與紅酒或紅茶搭配，或是和香皀組成套裝禮盒喔。這種套組大受好評！」

在來到這裡之前，我也不知道現在的花，還可以搭配各式各樣的禮品。年輕男士陷入苦思。

「這樣的話，我想要一萬圓左右，可以馬上擺在家裡當作裝飾的花束。」

年輕男士指著一束由大理花和馬蹄蓮組成的小型歐式花束，模樣非常可愛。花乃子姐姐笑著點頭說：

「好的。一萬圓的預算可以做三束這種花束，那就可以分別擺在客廳、廚房和玄關了。」

「喔，這樣好！那麼，也麻煩幫忙挑選花語的含意比較好的。」

「沒有問題。是否由我們配送呢？」

「是的。」

「那麼，麻煩在這裡寫下收件地址和送達時段。」

年輕男士在櫃檯填寫宅配單時，花乃子姐姐吩咐我「這邊交給妳了」，便開始挑選需要的花材。年輕男士在我的面前一板一眼地寫下配送地址等等資料。

「這樣可以嗎？」

年輕男士向我確認，我模仿著花乃子姐姐的微笑，仔細檢查每個欄位：收件人、收件地址、聯絡電話，還有寄件人的姓名與聯絡方式。填寫資料上顯示這位男士是瀧川先生。

「謝謝，資料都齊全了。」

花乃子姐姐已經選好了三個花束的焦點花材拿給瀧川先生過目，並告知還會加上一些輔助和填補花材，費用總共是一萬圓。瀧川先生付了錢，順利完成這筆交易。

「謝謝惠顧！」

我們兩人鞠躬送客，瀧川先生說聲麻煩你們了，再度露出有些尷尬的表情，步出了店外。

「花乃子姐姐，宅配單在這裡，明天送達。」

「嗯。」

我把宅配單遞給花乃子姐姐。

就在這一剎那。

我突然覺得有點不對勁。

不禁再一次看向花乃子姐姐。

平時臉上總是掛著微笑的她，此刻卻是神情凝肅地盯著那張宅配單。花乃子姐姐眼睛中央的瞳孔裡綻放著太陽花。

「花乃子姐姐！」

大吃一驚的我喊了一聲並且湊上前去仔細觀察花乃子姐姐的眼睛。她被我的舉動嚇著了，瞪大眼睛迎上我的視線，隨即淺淺一笑。

「怎麼了？嚇我一跳。」

花乃子姐姐笑得更加燦爛，望著我反問。

絕對錯不了。

我看到花乃子姐姐的瞳孔裡，那雙褐色的瞳孔裡，的的確確綻放著豔紅的太陽花。

可是，不到眨眼工夫就消失無蹤了。

二　馬鞭草×蒲公英

馬鞭草……。

花乃子姐姐這樣說。

她說得很小聲，像是喃喃自語。

當她對我燦然一笑，反問「怎麼了？嚇我一跳」之後。也就是在她瞳孔裡綻放的豔紅太陽花忽然消失了以後。

她突然變得——該怎麼形容呢——對了，彷彿靈魂出竅一般，甚至沒有察覺到我就在眼前。

不過，這一切都發生在短短的一兩秒間。

「怎麼了嗎？」

花乃子姐姐旋即變回平時的她，笑咪咪地看著我。一見到她的笑容，我連一個字都說不出來了。直覺告訴我，不要說出來比較好。

什麼是馬鞭草？花的名稱嗎？

「嗯，沒事。」

花乃子姐姐側了側頭，又朝我笑了笑，將握在手裡的花材輕輕地暫放在收銀台旁邊的工作桌上，然後對小柾哥哥說：

「小柾，今天的訂單都送完了吧？」

「送完了。」

「那，我可以去一趟『蒲公英』吧？」

一起在後面編著籃子的小柾哥哥和小柊哥哥同時點點頭。

「可以啊。帶芽依一起去？」

小柾哥哥問說。

什麼是「蒲公英」？賣東西的店嗎？花乃子姐姐伸手輕擱在我的頭頂上。

「趁這個機會一起去吧！」

「好！」

雖然不知道要去哪裡，反正這一趟我跟定了！

「妳在這裡等一下，我去換件衣服。對了，我們開車去，車程大概三十分鐘左右。」

要開車才到得了的地方。足足三十分鐘的車程，看來相當遠。花乃子姐姐迅速打開通往二樓的門上樓了。小柾哥哥望著她的身影消失之後，這才竊笑著對我說：

「芽依。」

「嗯？」

「這是妳第一次搭我姐開的車吧？」

對哦，是第一次。之前搭過小柾哥哥開的車一起去送過貨。看到我點頭，小柾哥哥和小柊哥哥同時哧哧地笑了起來。

「最好先有個心理準備哦。」

「心理準備？」

為什麼？我問了哥哥們，兩人卻只顧著繼續笑，不肯告訴我。瞧他們笑得那麼開心，應該是好玩的事嘍？花乃子姐姐總不至於有飆車的癖好吧。我不由得抬頭望向樓梯上方。

花坊的二樓和三樓是韮山家。

韮山家的外觀相當特別，據說這棟西洋式建築很久以前曾經是小兒科診所。原本是由姨丈的教授開設的，後來繼任的醫師搬離此地，一度成為空屋，這才由花乃子姐姐的父親買了下來。那是在她出生之前的事了。

後來經過重新裝潢，改成了花坊，將衛浴和廚房設在店鋪的後半部。二樓和三樓各有三個小房間，三樓的其中一間是溫室，擺滿了盆栽花卉，一部分供作店裡販賣的商品，不過絕大多數是花乃子姐姐基於個人嗜好培育的植物，有不少相當罕見的花卉。

至於我們的房間分配，花乃子姐姐和我睡三樓，小柾和小柊哥哥睡二樓。對了，位於一樓的廚房非常小，加上客廳也不大，所以我們都在後面的工作區吃飯。工作區和店面之間有一道拉門，打烊以後合攏拉門，那裡就變成溫馨的起居室了。

雖然屋齡已經很老，可是花坊的收入遠遠不足以支付改建費用，所以有什麼需要修修補補的地方都是小柾和小柊哥哥利用假日敲敲打打的，包括三樓的溫室也是他們聯手打造的。我很喜歡木工，以後也想跟著哥哥們學些功夫。

「芽依，久等嘍！」

隨著下樓的腳步聲，換好衣服的花乃子姐姐現身了。

「哇，裙子耶！」

一襲材質柔軟、米白底綴上花朵圖案的長裙，一頭秀麗的長髮也垂在肩後。花乃子姐姐有些害臊地微笑。她在店裡工作時總是綁馬尾、穿長褲，說不定這是我頭一回看到她穿裙子。

「出發吧！」

我懂了。

我總算明明白白徹徹底底地懂了。

小柾和小柊哥哥之所以讓我在搭上花乃子姐姐開的車之前先做好心理準備，原來是這個緣故。

韮山花坊的送貨車通體綠色，很像國外的巴士，看起來很可愛。品牌是福斯，車款相當經典，整修過後煥然一新。車子後面可以擺置高大的盆栽，也能搭載很多人。由於是進口車，所以方向盤在左邊，如果我以後考上了駕照要開這輛車送貨，一定得先練熟了才行。

不過那些事沒有急迫性，可以儘管從長計議，眼下的大問題是車裡正播著的震耳欲聾的搖滾樂！我的耳朵真的快聾了！連我這個音痴都聽得出來這是搖滾樂，至於是哪一支樂團的曲子就毫無頭緒了。

「花乃子姐姐！」

「什麼事！」

花乃子姐姐看著前方路況，雀躍的心情全寫在臉上的笑容裡。

「這首！是什麼歌！」

「滾石樂團的〈無法滿足〉！」

答完後，花乃子姐姐隨著樂音唱了起來。可是車裡的音量太大，我幾乎聽不到她的歌聲。

滾石樂團的名稱我倒是聽過。這支樂團堪稱歌壇長青樹，裡面的成員都是大叔了，在全球仍然享有超高知名度，超厲害的。沒想到花乃子姐姐喜歡這種類型的音樂，和她平常給人的印象有著出乎意料的極大反差。說不定她在學校還組過女子樂團呢。等一下問問她。

穿過小鎮，路旁的住宅愈來愈少，貨車沿著山腳下的唯一一條車道朝著看不到的盡頭一路奔馳。車窗外的農田和塑料大棚漸漸多了起來，沒想到鎮外不遠處就有這樣的田園風光。貨車轉入一條小徑，從這裡開始不再是柏油路而是泥土路了。我們在一片草原上繼續行駛，前方出現了屋子。遠遠望去，真像是以前在電影裡看過的牧場上的小屋。

那棟屋子是挑高的木構建築，感覺像是五角形，旁邊有好幾座塑料大棚。貨車逐漸減速，在一塊空草坪上停了下來。

「我們到嘍！」

「就是這裡？」

「對。」花乃子姐姐點了頭。「這裡就是『蒲公英』，也是開花坊的人買花的地方。」

「開花坊的人買花的地方？」

「是呀！」她笑得很開心。「這裡是專門研究和種植花卉的花農，把花草培育出來之後再賣給我們這些開花坊的人。」

對喔，有專門種花的花農。說得也是，花卉也屬於農產品的一種。

「這裡和花市是不一樣批花管道吧？」

「嗯。」花乃子姐姐點點頭。「這裡當然有大量種植的花賣到花市，但是也有一些花是十分稀少、或是刻意不在市場上流通的花。另外，也可以幫忙代購我們急切需要卻上哪都找不到的花。」

原來如此，長知識了。

「今天要來找什麼花嗎？」

「嗯，我想在剛才的花束裡加進馬鞭草。」

馬鞭草。就是不久前花乃子姐姐喃喃自語的名稱。

「喲，可不是花乃子嗎？」

我循著聲音的來源望去，只見一個頭罩白布巾、身穿黑圍裙和長筒靴的女士從塑料大棚走了出來。從身形看來，好像是個奶奶？女士鼻上架著一副銀邊眼鏡，布巾底下似乎藏著一頭白髮。她邊走邊摘下布巾，喔，果然露出了一頭美麗的銀髮。

來到我們面前的是一位滿面笑容、氣質優雅的奶奶。

「千木庭女士，您好。」

花乃子姐姐稱這位奶奶為千木庭女士。很罕見的姓氏。

「小妹妹，妳就是芽依嗎？」

奶奶看著我微笑，我趕緊請安問好。

「是的，我就是芽依！往後請多指教！」

屋子的天花板又高又寬，木地板上擺著木椅和大大的木桌。屋裡的一切都是原木家具，隨著歲月的流逝自然而然地變為褐色，形成一種舒適宜居的氣氛。同樣是木造的櫥櫃一座座貼壁而立，上面有很多個茶色的小抽屜。後方地板架高的空間是一個大廚房，裡面還擺著好幾個大鍋子，各式廚具一應俱全，毫不亞於餐廳的商用廚房。

千木庭女士的姓氏簡直可以說是生來為的就是種植花草。花乃子姐姐這時再度向她正式介紹：「這是我表妹，以後要在花坊一起工作，請您多多照顧。」千木庭女士說：「芽依長得真可愛呀！」這句讚美讓我不好意思地嘿嘿傻笑。我心知肚明，並沒有那麼可愛。

坐下以後，我好奇地東張西望。花乃子姐姐告訴我：

「這裡也種水果。千木庭女士喜歡研究如何用水果、花卉和香草入菜與調製飲料。」

「喔，所以才有那麼大的廚房！」

「是呀。空檔時段這裡也接受用餐預約，下回再帶妳一塊來品嚐吧。」

「好。」

這時，門開了，千木庭女士捧著一個裝有許多盆栽的深色箱子走進屋裡。好可愛的花！

「喏，花乃子，過來看看有沒有合意的。」

說著，千木庭女士把箱子隨手往桌上一擱。我之前去花市時就發現這件事了，大家在移動花卉時挺隨意的，當然不至於用力亂扔，只是不會特別小心翼翼地端著捧著。我問了以後才曉得，如果像這樣放下花瓣就掉落，表示那株花本身太脆弱，健康的花朵是禁得住這樣的力道的。

「哎呀，不好意思，勞駕您搬來了那麼多！」

紫色、紅色、白色、粉紅色，還有其他混合兩色以上的花朵，模樣真的很可愛。花乃子姐姐站起身來，仔細端詳這許許多多馬鞭草的花朵，臉上的表情透露著正在認真思考該挑選哪一株。

（啊！）

花乃子姐姐現在低著頭，所以我只匆匆瞥見一眼，但是她的瞳孔裡又綻出太陽花了。這種時候總不好探頭湊上去察看，我正想著該怎麼確認才好，花乃子姐姐卻已抬起臉來點點頭，瞳孔也恢復到平時的狀態了。

「就選紅色白心吧。」

「好呀。」

千木庭女士同樣笑著點了頭。所謂的紅色白心，大概是指紅色花朵正中央是白色的品種。命名的由來應該是一圈紅的中心呈現著白點的花色吧。

千木庭女士把這株名叫紅色白心的馬鞭草從箱子裡拿出來，朝花乃子姐姐露出俏皮的笑容問道：

「用上『解緘草』，這回又要管什麼閒事了呀？」

解「尖」草？

管閒事？

花乃子姐姐慌慌張張地兩手擺個不停。

「千木庭女士！我還沒告訴芽依哪！」

「哎呀！」千木庭女士看著花乃子姐姐又望著我，呵呵笑了起來，「不好意思喔。不過，我一看就知道芽依是個好女孩，不像小柾和小柊那樣粗枝大葉的。別擔心，不會有問題的。況且這孩子以後要和妳一起做事，遲早總得讓她知道吧？」

到底是什麼事呀？我超想知道的。可以肯定的是，她們兩人之間有個祕密。花乃子姐姐看著我，思索半晌。

「原本打算過陣子再告訴妳……」

「告訴我什麼？快講嘛！」

我非知道不可，因為我已經打定主意，這一輩子——呃，說一輩子可能誇張了些——都要在韮山花坊工作！花乃子姐姐有些不好意思地低頭淺笑，接著對我說：

「那，上車以後再說給妳聽。」

我把紅色白心的馬鞭草放在後座，自己坐上副駕駛座。本來以為在那個轟然巨響的搖滾樂中聽花乃子姐姐說話想必很吃力，幸好她回程的路上沒有播那片CD。

「什麼是『解尖草』？」

這是讓我最納悶的字眼，所以從這一項開始問起。解，應該是解開的解，也就是解開東西的意思吧。

花乃子姐姐邊開車邊回答我的提問：

「馬鞭草的原文 verbena 具有『女巫的藥草』的意涵。」

「『女巫的藥草』！」

聽起來挺嚇人的。

「妳知道克爾特嗎？」

我老實坦承不知道。花乃子姐姐有些苦惱該怎麼解釋才好。

「簡單來說，有一支族群從古老的時代就住在歐洲以及英國和愛爾蘭一帶，他們是克爾特人，使用的語言稱為克爾特語。根據那本書上的記載，verbena 起源於克爾特語，意思是『女巫的藥草』。很久以前不僅做為藥用，還有女巫或祭司這一類神職人員也會用在祭祀儀式上。」

「是哦？」

這樣我比較有概念了。聽起來很像 RPG 的人設嘛。

「克爾特人長久以來認為 verbena 是『解緘的藥草』。緘，就是封緘，相當於現代的鎖。呃，這麼說好了，舊版的《勇者鬥惡龍》[1]裡有一個可以開鎖的咒語，妳曉得嗎？」

「阿巴卡姆！」

老實說，我現在的手機裡還有舊版的《勇者鬥惡龍》。

「對對對，就是那個！馬鞭草就相當於那種可以開鎖的魔法藥草。傳說只要拿著它念咒，不管是什麼樣的鎖都能打開。」

「好厲害喔！」

不僅厲害，花名的由來也很有意思。

---

① Dragon Quest，一九八六年發行的電子角色扮演遊戲（RPG）系列。

「沒想到花花草草居然有這樣古老的淵源。」

看著前方開車的花乃子姐姐點點頭。

「自從人類擁有智慧以來，生活中從未離開過花。看到野生花，不僅欣賞它的美，還可當成食物，或者入藥。人類甚至會把種種夢想寄託於美麗得如夢似幻的花兒身上。」

說到這裡，她瞄了我一眼，露出微笑。

「很多故事裡都有花的蹤影。我們不也常用花來比喻人生嗎？譬如像芽依這樣的年紀叫做『含苞待放』，另外，還有一句成語是『明日黃花』。人一生的歷程就是播種、培育、開花、結果。」

「真的耶。」

想想，之前確實聽過看過不少和花有關的詞語。

「人們從一夜綻放的花朵身上感受到力量。所以，從以前到現在，每一個國家都有以花做為裝飾以及致贈的習慣。在重要的日子或時刻，真心誠意地準備花朵送給別人。不過，所謂的真心誠意，具有兩種意思。」

「哪兩種？」

花乃子姐姐嫣然一笑，但那抹笑容中似乎透著一絲不懷好意。

「真心誠意地獻上祝福，又或者是施予詛咒。」

「啊，對喔！魔法！」

「沒錯。故事裡出現的魔法師，不是多半會使用花草製作魔法藥嗎？既然能夠製藥，當然也能拿來煉毒。就以漢字來說吧，『祝』和『呪②』的字形是不是非常相像？凡事都有一體兩面，長久以來人類已相當熟悉這項技巧了。」

我點了頭。

「所以，我們這些賣花人，一定要牢牢記住這件事：花，可以用來醫人，也能夠用來害人。」

原來如此。

「這些我懂了。」

我明白馬鞭草為什麼被稱為解緘草了，但是花乃子姐姐只解答了我的一半疑惑而已。

「那，為什麼說是管閒事呢？」

「那個嘛……」花乃子姐姐皺了皺眉頭。「可以說是我的壞習慣吧。」

「壞習慣？」

這又是什麼意思？

②「咒」的異體字。

「不曉得為什麼，我可以感受得到。」
「感受得到什麼東西？」
花乃子姐姐看了我一眼。
「送花的人蘊含的心意。」
可以感受到蘊含的心意？
「關於這部分，今天晚上再繼續說吧。等吃過飯洗過澡以後，跟著我出門一趟。」

花乃子姐姐把從蒲公英那裡帶回來的馬鞭草加進了瀧川先生訂購宅配的花束裡面。我也一起幫忙，慢慢從中學習技巧。
自從來到這裡以後，花乃子姐姐已經教過我不少花藝技術，只是我還無法上手。當然了，我從毫無基礎剛開始學，不可能一步登天，但是懂得愈多就愈佩服花乃子姐姐的功力。
「也許妳覺得插花的知識或技術是最重要的，其實不見得喔。」
來到花坊的第一天，花乃子姐姐這樣對我說。

「當然了，擁有這些技術能夠發揮的範圍更廣，但即使不會插花也能夠經營花坊。關鍵在你對於花草投注了多少心力。」

了解花卉種類和如何培育是最基本的，也要熟悉栽植花草的基礎園藝知識。除此之外，還必須具備日本國民應有的常識。

「日本是非常重視民間信仰的國家。就算是自認為不懂那些繁文縟節的年輕人，至少也知道喜事要用紅白雙色，而喪事用的是黑白兩色吧？日本自古就是一個處處都是自然風光的美麗國度，一年四季各有不同的鮮明色彩，生活在這裡的居民因而對顏色格外敏銳，無論是老年人或是年輕人都一樣。」

所以，花藝設計的基礎是色彩搭配。什麼樣的配色看起來漂亮？什麼樣的配色看起來柔和？什麼樣的配色看起來華麗？只要從這裡慢慢學起，就能愈來愈拿手了。

「這樣應該差不多了。」

花乃子姐姐說。由於加入了紅色的馬鞭草，花束的印象和一開始不太一樣，似乎由柔和的配色轉變成色彩鮮明的組合。

「小柾。」

「嗯？」

「明天這張訂單由我和芽依送件。」

小柾哥哥臉上寫著：妳們送？

「因為是和芽依一起完成的，所以由我們送。」

「知道了。」

花乃子姐姐要我一塊去，想必有她的用意。

我再次檢查那張宅配單，購買的男士名叫瀧川正和先生。即使在腦中回想了一下對他的印象，仍然只記得是個平凡的男人。雖然不知道確切年齡，大概比小柾和小柊哥哥年長，介於二十五歲到三十五歲之間。

送件地址是彌生町。我雖然才來這裡不久，但上回和小柾哥哥一起去送貨時曾看過放在車上的一張大地圖，彌生町位於南邊。問了小柾哥哥開車去那裡大約要多久，他說十分鐘左右就到了。

收件人的名字是新島佐代子小姐。

單子上只有姓名而已。理所當然。原則上，宅配單只有收件人的姓名、地址和電話，不會再寫其他的資料。沒有人會多寫，也沒有寫的必要。因為我們只負責把花送到那裡而已。

不過，旁邊有個空白處可供註記贈花的事由，為的是附上送給對方的卡片。贈花人可以在這個欄位裡簡單寫上是為了慶祝生日或結婚紀念日，或者是恭賀新婚。我們將根據寫在這裡的致贈事由挑選賀卡。當然了，若能親自挑卡片並且在上面寫幾句話是再好不過了。

瀧川正和先生沒有親手寫卡片，只選了一張印有「Happy Birthday」字樣的賀卡而已。也就是說，從這些資料只能知道，瀧川正和先生贈送了新島佐代子小姐慶生花束。

至於他們兩人的關係是朋友？親戚？男女朋友？前夫前妻？還是有恩之人？完全無從得知。

雖然無從得知，但兩人之間應該有某種特別的關係。

畢竟有某種關係，才會送花。

問題是，其中蘊含著什麼樣特別的心意呢？花乃子姐姐究竟感受到了什麼呢？

有時候店裡會在傍晚突然忙了起來，今天似乎就是那樣的日子。接到一通電話以後，花乃子姐姐和小柾哥哥開始忙著插花。

喪葬用花。

一般來說都是在兩天前或一天前下單，偶爾會在當天傍晚接到電話急件。我現在還沒辦法接聽那樣的電話訂單。

若是婚禮用花還好，但是葬禮要問清楚很多複雜的細節，包括是什麼宗教派別、在哪裡舉行葬禮等等，某些場地需要擺設高架花籃，還得知道插牌上的落款怎麼寫，需要仔細確認的事項繁不勝數。

喪葬用花原則上以白花做為設計基調。至於插牌，也就是寫有弔唁者姓名的牌子，是由小柊哥哥直接揮毫而就的。小柊哥哥擁有書法四段的資格。其實我也有書法兩段的資格，以後也許有機會讓我上場。

準備就緒之後，小柾哥哥將花籃搬到車上，看著我說：

「好了，那芽依跟我出發吧！」

「嗯。」

我穿黑色的T恤再套上一件灰色的帽T，圍裙也是黑色的。小柾哥哥的衣著大致相同。雖然沒有制式規定，通常配送喪葬用花的時候會盡量穿著黑色系而非五顏六色的衣服。如果是非常隆重盛大的葬禮，甚至會穿喪服去送貨。

今天的配送地點是小柾哥哥之前說過的位於櫻山上的觀櫻寺。

我隱隱約約，只是隱隱約約，覺得花乃子姐姐的態度和平常有一些些不一樣。平常的她會在送我們出門時笑嘻嘻地說聲「路上小心」，但是今天的她臉上的笑容似乎有氣無力，甚至還透著一抹陰霾。

是我多心了嗎？

「上回被我姐的滾石樂團轟炸給嚇了一跳吧？」

小柾哥哥邊開車邊笑著問我。

「對呀。姐姐真喜歡搖滾樂。」

「是啊。」小柾哥哥點點頭。「這是妳第一次送花到葬禮上吧？」

「嗯。」

婚禮用花我已經送過兩次了，葬禮的這是頭一遭。

「沒有什麼需要特別注意的地方，只要不嘻皮笑臉就好。神情肅穆，懷著哀悼的心情就可以了。」

「哀悼的心情……」

「對。」小柾哥哥點了頭。「因為我們要去的會場是許多人齊聚一堂來追思某位故人的地方。雖然我們不認識，但是在送花過去時，必須在心裡為故人祈求冥福。不必捻香祭拜，只要在心中合掌悼念即可。」

「我知道了。」

花乃子姐姐說過，無論是悲傷的時刻抑或歡喜的時刻，花兒總是常伴左右。

貨車沿著山路往上行駛。在接近最高點的山頂處出現了一個寺院的石門，上面刻著「**觀櫻寺**」三個大字。這是一座非常古老的寺院。我雖然不常到寺院，但這裡的規模應該不算大。

儘管有附設停車場，但小柾哥哥沒有停在那邊，而是把車開到了寺院的正前方。

「花籃挺重的，可以停在這裡搬進去，況且來守夜弔喪的親朋好友還沒到。」

「好。」

我們下車，正要搬花籃的時候，有位師父走了出來。

「柾，辛苦你了。」

「信哉兄，您好。」

我也跟著鞠躬。不曉得「信哉」是不是這位師父的名字。

「信哉兄，這是我表妹，名叫芽依。」

「您好，我是芽依。」

「妳好。」

這位被稱為信哉兄的師父露出和藹的笑容，雙手合十欠了身。這位師父滿年輕的，還有頭髮，所以不是和尚。看起來慈眉善目的。

他看著我，微微點頭。

「長得和花乃子小姐有點像，果然是表姐妹。」

「您說得是。」

怎麼覺得小柾哥哥的反應和平常不太一樣？會不會是因為對方是師父，所以態度變得畢恭畢敬？

「那麼，我們開始搬了。」

「麻煩你們了。」

他們客客氣氣地互相欠身致意，我也跟著鞠了躬。寺院裡繚繞著一股寺院的氣息。那是一種帶著懷念，又有些悲傷的氣息。我其實只參加過兩場喪禮，但不曉得什麼緣故，一踏進寺院，心中不禁油然升起一股懷念之情。

我們把花籃搬到固定的位置放妥，小柾哥哥稍微調整一下花朵枝葉之後就完成任務了。信哉師父從頭到尾一直在旁邊看著我們作業。

「那麼，我們回去了。」

小柾哥哥開口告辭，信哉師父緩緩地躬了身。那不是修行人平常的合掌告別，而是一般人禮貌性的鞠躬。緊抿著嘴的小柾哥哥同樣回了禮，我也照做了。

好怪。這兩個人之間一定有什麼事。有股詭異氣氛正在他們之間流動著。一上車我就迫不及待地開口問：

「那個信哉師父是什麼樣的人呀？」

小柾哥哥面朝前方，邊發動車子邊回答：

「什麼意思？」

「我的意思是，他是哥哥的朋友？學長？或者只是認識的人？」

小柾哥哥有些訝異地看著我。

「都不是。既不是朋友也不是學長。為什麼這麼問？」

「覺得小柾哥哥的表現有點不太自然。」

「是嗎？」小柾哥哥抿了抿嘴。「我的表現不太自然喔……」

「對呀。」

一點都不像是花坊的員工和寺院的師父之間的正常互動。

「我並不覺得自己的舉止有什麼特殊的，但是妳卻察覺到不對勁了。女孩子的心思果然比較細膩，又或者是芽依的直覺特別敏銳。」

「人家的直覺才沒有特別敏銳呢！」

我覺得自己很平凡，在這方面從未感到有別於常人。話說回來，從小柾哥哥的回應中可以聽出其中必有內情。他緩緩地吐了一口氣。

「也好，反正妳遲早會知道，也應該讓妳知道。其實今天帶妳一起來，就是要告訴妳這件事。」

什麼事？到底是什麼事啊？

貨車循著蜿蜒的坡道往下開了好一會兒，沿途引擎轟然作響。小柾哥哥踩了煞車，把車子靠左邊停了下來。

「這裡就是櫻山公園。」

「喔。」

剛才上山的時候經過了。路旁豎有指示招牌，還看到了摩天輪——非常老舊、掛著一個個圓形車廂的摩天輪。

「公園裡有個絕佳的景點可以欣賞夕陽。以後芽依可能也會去那裡約會，先帶妳認認路吧！」

約會！

好吧，或許有一天能遇到心目中的白馬王子。小柾哥哥下了車，不是往遊樂園的方向走，而是從旁邊的山路爬了上去，我趕緊跟在他後面。森林裡的空氣格外清新，可以聞到泥土和樹木的氣味。韮山花坊裡當然充滿著花草的香氣，但是山上還多了泥土的味道，令人心曠神怡。

或許，只是或許，比起住在城市，我更適合住在鄉村。每次投入大自然的懷抱中，心中總是雀躍不已。

小柾哥哥一句話也沒說，只管邁開大步往上爬。我自詡擁有在網球社團裡培養出來的體力，信心滿滿地亦步亦趨。我們好像沿著山坡繞了一圈。忽然間，視野變得開闊，一處像是公園的地方映入了眼簾。

「哇！」

現在是五點半。濃烈的晚霞燃燒著天空，放眼望去，整座小鎮就在我們的腳下。

「好美喔！」

「沒騙妳吧？」

小柾哥哥略顯得意地說。旁邊有條長椅，他招手讓我坐下。嗯，真的是個私房景點。

「這裡可是個約會的祕密地點。凡是在這個小鎮長大的傢伙，學生時代一定至少和女朋友或男朋友來這裡看過一次夕陽。」

「小柾哥哥和小柊哥哥也都來過了吧？」

「那當然！」小柾哥哥笑了起來。「啊，小柊可能沒來過哦，那小子不喜歡女生。」

「他不喜歡女生？」

我頭一次聽說。

「也不盡然是不喜歡女生啦，應該說他不善於與人交際。問題是那小子偏偏長得帥啊！」

呃，這句話不就等於稱讚自己長得帥嗎？不過事實就是事實，我也只能點頭附議了。

「所以女生都會向他主動示好，這一來搞得他更討厭女生了，而且是近乎潔癖似的厭惡。我可不一樣喔，要是有女生示好，當然歡天喜地搖著尾巴邀她出去玩啊！」

這樣哦。原來小柾哥哥會歡天喜地搖著尾巴邀女生出去玩。

「為什麼兄弟倆會有那麼大的差異呢？」

「天曉得。」小柾哥哥的表情是認真的，沒有一絲戲謔。「我和那小子每一件事都恰恰相反。噢，不必擔心，我們很要好。」

「嗯，這個我知道。」

我很清楚小柾和小柊哥哥是兄弟情深。

「信哉兄的事情也是這樣。我現在已經釋懷了，那小子卻還沒辦法原諒他。」

「沒辦法原諒他？」

小柾哥哥轉頭看向我。

晚霞的橙橘光芒照亮了小柾哥哥的面龐。

那張面龐的微笑卻染著幾分苦澀。

「我老爸老媽搭車時被一個邊開車邊打瞌睡的司機撞死了。這件事妳還記得嗎？」

我點了頭。那是我出生之後參加的第一場葬禮。對於疼愛我的阿姨和姨丈，也還有一絲印象。

「當時老爸老媽坐在後座，而開著自家用車的人就是稻垣信哉先生。」

「什麼？」

稻垣信哉先生？難道……。見我不敢確定地皺著眉頭，小柾哥哥緩緩地點了頭。

「沒錯，就是在觀櫻寺裡的那位師父，信哉兄。」

我一時語塞，眼睛不住地眨巴。是那位師父開的車？這麼說，阿姨和姨丈認識稻垣信哉先生？

小柾哥哥神情嚴肅。

「不是信哉兄的錯，那場車禍換成是誰都躲不過。整輛車幾乎成了一團廢鐵，信哉兄能夠活下來已是不幸中的萬幸。話說回來，我也是到了現在才有辦法轉念這麼想的，那時候的心情畢竟非常複雜。現在的我對信哉兄已經不再有恨意，也沒有怒氣了。所以，芽依也不要討厭信哉兄，他真的是個好人。總之，妳先知道這些就夠了。」

「先知道這些就夠了？」

這表示還有其他我不知道的事情嗎？我問了小柾哥哥，他一臉悲傷地回答：

「對，還有其他的難言之隱。我想，等到日後該讓妳知道的時刻，我姐會告訴妳的。在那之前，妳什麼都不要問。」

花坊打烊後，大家吃過晚飯洗完澡，通常已是九點過後了。

韮山家最棒的一點就是每一個房間都有一台電視，而且所有的房間都裝了天線。因為三姐弟對節目的喜好各不相同，所以乾脆一人一台。

我的房間暫時還沒有電視，如果有想看的節目只能到工作區兼起居室那邊看。還好我本來就不太看電視。

畢竟我在這裡工作有領薪水，想買的東西該用自己賺來的錢添購。也因為有領薪水，更必須敦促自己努力學習，不單要通過高中同等學力考試，還要盡己所能提高韮山花坊的營業額。

多了一張嘴巴吃飯，支出自然增加了。在我拿到高中同等學力之前，爸媽會送生活費過來，大部分都寄放在花乃子姐姐那邊，而我的餐費就從那裡扣除。可是，花乃子姐姐雇了我這個員工就得支付薪資才行，如果沒有賺到相對的數額就會產生虧損。韮山花坊是一家合法立案的公司，必須繳交保險費和稅金。這家公司為了我這個新員工而額外支出的經費幾乎相當於我薪資的兩倍。這些事爸媽之前都教過我了。

進入社會工作，就必須負起應有的責任。

所以，我不得不思考自己是否有資格在韮山花坊工作，又能為這裡帶來多少收益。這些是應當嚴肅以對的課題。

我得趁還有爸媽提供生活費的這段時期努力思索，盡力查找解決方案。

首要任務是熟悉花坊的工作，同時參考別家花坊的經營方式、國外花坊的陳列擺設，從中找找看有沒有什麼好點子。我每天晚上都用手機上網搜尋大量資料。

叩叩，敲門聲傳來。

「哪位？」

「我是柊，可以進去嗎？」

是小柊哥哥。

「請進！」

韮山家全部是西式房間。咖啡色的房門嘎吱一聲被推開了。沒辦法，老屋子就是會發出各種各樣的聲音。滿面笑容的小柊哥哥抱著一個大方籃走了進來。

「來，給妳。壁櫥專用的置物籃。」

「哇，謝了！」

手工編織的藤籃。擺進壁櫥裡，可以放內衣也可以放外出服，想放什麼都可以，方便極了。我本來打算買整理箱，後來看到大家的房間裡都有小柊哥哥親手編的藤籃，忍不住稱讚好可愛喔，於是哥哥就做了同樣的籃子給我。

「這是第三個吧。」

「對。不過哥哥別再那麼辛苦了，我是說真的。我會向哥哥學習怎麼編，以後自己做就可以了。」

小柊哥哥是利用工作的空檔抽時間做給我的。

「別擔心，我喜歡做這些。」

小柾哥哥和小柊哥哥的不同之處除了髮型以外，還有用字遣詞。小柾哥哥比較隨意，小柊哥哥比較拘謹。

叩叩，又是敲門聲，下一秒花乃子姐姐便探頭進來。

「芽依，我們出門嘍！」

「好！」

稍早前花乃子姐姐說了晚上要帶我出門，但我還不知道要去什麼地方。小柊哥哥一聽，不由得瞪大了眼睛。

「現在？」

「去赤坂。」

花乃子姐姐笑得很開心。

「噢——」

小柊哥哥這才露出了安心的微笑。這樣看來，小柊哥哥知道我們要去的地方了。我怎麼覺得「赤坂」這個字眼好像在哪裡聽過。

想起來了，是位於一丁目的「赤坂食堂」！之前聽海斗提過，那家食堂的孫子當上刑警以後搬回來住了。可是，我們不是吃過晚飯了嗎？

「那裡不是吃飯的地方嗎？」

花乃子姐姐嫣然一笑。

「我們要去聽現場演唱。」

「現場演唱？」

「我有個朋友常在打烊後的赤坂食堂門前做街頭表演。氣氛很不錯，帶妳去聽一聽。」

街頭表演。花乃子姐姐不是答應了要告訴我還沒講完的後續部分，現在卻說要帶我去聽現場演唱？

難道她真的那麼熱愛音樂？

「演唱的人是三毛姐姐。」

「三毛姐姐？」

這姓氏聽起來真像貓咪。

三　洋甘菊×菩提樹

我來過赤坂食堂吃午飯。這家餐館有可愛又和藹的梅奶奶，廚房裡面還有一位面惡心善的辰爺爺忙著做菜。菜單清一色是常見的日式套餐，白飯香甜，味噌湯燙口，好吃極了。住在這裡的刑警先生就是梅奶奶和辰爺爺的孫子。

從赤坂食堂旁邊拐進仲街，在食堂後面的那棟公寓名為立花莊。

我們去了位於公寓二樓的三毛姐姐房間。

立花莊是一棟非常漂亮的公寓。雖然又老又舊，但是從柱子的形狀到階梯的樣式都浪漫極了。我猜，一定有能夠用來精準形容這種設計的詞語，可是我實在想不出來。這裡美得甚至讓我覺得自己該去好好充實字彙了。

漂亮的不光是公寓，還有三毛姐姐。

她頭髮的長度和花乃子姐姐的差不多，給人的感覺似乎有點相像，卻又完全不一樣。從整體印象來看，花乃子姐姐比較溫婉，而三毛姐姐則是犀利，還透著一股凜然之氣。

她的全名是三家明，但大家都不叫她「三家」小姐，而習慣喚她「三毛」小姐，於是這個像貓咪似的稱呼就成了她的暱稱。③

不過，三毛姐姐實在像極了貓咪，而且是黑貓，因為身上散發著一股神祕感。她是一家美術專科學校的兼任講師，也是一個自己填詞作曲的街頭音樂表演者，通常在營業時間結束後的赤坂食堂前面唱歌。

三毛姐姐從廚房裡端來了沏好的紅茶。好香好香！

「請問這是什麼紅茶呢？」

「很香吧？這是特別調製的茶葉，沒有專屬名稱。如果一定要命名，就用寄送人的姓氏，稱它為『葛蘭』吧。」

葛蘭。三毛姐姐認識外國朋友？

「三毛唱的很棒吧？對吧對吧？」

花乃子姐姐剛才催我喝喝看紅茶，我啜了一口茶還含在嘴裡時她又接著問，我只能先點點頭，趕緊嚥了下去。

「唱得太棒了！您沒出ＣＤ嗎？」

聽我這麼一問，三毛姐姐淺淺一笑。對了，三毛姐姐和花乃子姐姐的笑容也不一樣。三毛姐姐非常酷，不像花乃子姐姐那樣「燦然一笑」而是「淺淺一笑」，只有嘴角微微牽動，很像電影裡的女間諜那樣。

「芽依這個問題真好！我的確出了CD。」

說著，三毛姐姐從牆上的小架子抽了一張紙殼包裝的CD下來。褐色的封面上畫著貓咪，可愛得要命。

「噢，封面的圖也是三毛姐姐畫的吧？」

「對呀，好歹是美術系畢業的嘛。」

好厲害喔。不但會唱自創曲還會畫圖。沒有那種才華的我羨慕得不得了。

「花乃子那裡有，芽依喜歡的話也帶一張回去吧。」

「太好了！真的可以收下嗎？」

「本來應該要付錢才能拿走，就當做見面禮嘍。」

三毛姐姐笑著說。

③姓氏「三家」的讀音為「Mitsu-ya」，但「三」、「家」這兩個字亦可讀做「mi-ke」，恰與「三毛」的發音相同。日文中的「三毛」是指身上同時有黑、白、褐三種毛色的花貓。

「讓小柾幫妳轉檔存到 iPhone 裡。」

花乃子姐姐建議。

「好，我會請哥哥幫忙。」

我現在還沒有電腦也沒有 CD 播放器，只能用手機聽。

花乃子姐姐和三毛姐姐接下來談了一些正事，我喝著紅茶待在一旁聽。其實美術領域是離不開花坊的，因為要買花當做素描的對象。我以為素描時用那種永不凋謝的人造花比較經濟實惠，但是三毛姐姐告訴我，描繪花朵漸漸凋謝的狀態是很好的練習。

由於這層緣故，韮山花坊會送花到三毛姐姐的學生家，還有她授課的那家美術專科學校。

「有時候還會訂購染料的花草呢。」

「染料？」

「對。」三毛姐姐點了頭。「不單是繪畫，將染布做成作品也屬於美術領域的其中一種。」

「啊，那叫草木染吧！」

我聽過這個名詞。

「沒錯。我曾經請花乃子幫忙找過染布用的材料。」

她們兩人直接互稱對方三毛和花乃子，沒有加上稱謂。我想，三毛姐姐和花乃子姐姐可以說是閨蜜吧。

「請問三毛姐姐幾歲呢？」

花乃子姐姐是二十九歲，三毛姐姐看起來稍微年輕一點。三毛姐姐側著頭想了想。

「大概是二十五歲吧。」

「大概？」

三毛姐姐噗嗤一笑。

「嗯，大概。就算有誤差也頂多加一歲，所以不是二十五就是二十六。」

自己的年紀怎會有誤差呢？

「我呀，是孤兒。」

三毛姐姐若無其事地說自己小時候被遺棄在孤兒院，所以不知道確切的年齡。當時是個小寶寶，模樣看起來應該還不到兩歲，因此誤差範圍不大。

「所以嘍，也不知道我的生日是哪一天，孤兒院的老師就把我去到孤兒院的那天訂為生日了。二月十四號，剛好是情人節，很好記吧？」

三毛姐姐說著，又笑了起來。

都怪我無端問起這個話題，實在不曉得該怎麼面對三毛姐姐才好，只好隨著她一起笑了。既然花乃子姐姐和三毛姐姐都一臉坦然，我覺得自己也不應該做出特殊的反應。

在這之前，我並不認識任何一個兒時遭到遺棄的人，聽了以後不禁心想：原來還是有人會碰上這樣的遭遇，只是我不曉得而已。別瞧三毛姐姐說得一派輕鬆，想必是不希望讓我心懷愧疚。

我覺得自己非常幸運。原本以為自己受到霸凌而不得不從高中退學有點可憐，但是比起小時候就失去了父母的小柾和小柊哥哥實在不算什麼，更不用說遠遠比不上被父母遺棄的三毛姐姐了。

忽然覺得自己擅自在腦中列出悲慘排行榜很不妥當。為了掩飾難為情，我刻意換了個話題。

「二月十四號的生日花是什麼？」

花乃子姐姐點了頭，說：

「母菊，對吧？」

「母菊？」

又是一個我沒聽過的花名。

「比較常見的名稱是西洋甘菊或洋甘菊，樣子和同屬於菊科的瑪格麗特有點像。」

「洋甘菊我聽過，是香草吧？」

「對，這種花從很久以前就是常用的藥草和香草，據說功效奇佳。至於它的花語呢……」花乃子姐姐頓了一頓，看向三毛姐姐。「『堅強抵抗逆境』。用來形容她再貼切不過了。」

「嘻嘻！」三毛姐姐也笑了笑。「說不定是孤兒院的某個老師知道這個花語，特地挑了這一天當做我的生日。」

三毛姐姐接著說，因為老師盼望她能夠成為一個堅強的人。

我們離開立花莊，踏入花開小路的拱廊底下，一個西裝男士恰巧朝赤坂食堂的方向迎面走來。

「噢，小淳！」

「啊，花乃子學姐！」

小淳？眼前的男士長得非常高，笑容很親切。

「辛苦了。現在才回家？」

男士咧嘴笑著點點頭。

「這麼晚才下班，真辛苦。」

「哪裡哪裡，這是我的職責，應該的。」

這個叫做小淳的人臉上掛著笑容，將視線轉向我。

「妳應該是芽依吧？」

「就是她。」

由於花乃子姐姐摟著我的肩膀，我沒法鞠躬，只能低頭問好。

「是的，我叫井筒芽依，您好。」

「妳好，我是這家赤坂食堂的孫子，名字是赤坂淳。」

原來這一位就是海斗口中的刑警。可是看起來一點都沒有刑警的派頭耶？

「剛好遇到花乃子學姐！我明天早上會過去買一束花，麻煩您了。」

「咦，怎麼突然要買花？約會用的？」

「不是不是！」小淳先生苦笑著否認。「有個案件關係人目前住院，得去探病。預算不多，只有三千圓左右，還要麻煩開張收據。」

「好的，謝謝惠顧，會幫你準備好的。明天見嘍！」

花乃子姐姐揮揮手後往前走，走沒幾步又很快地回頭探了一眼，露出促狹的微笑。

「海斗跟妳提過他了？」

「嗯。」

我點了頭，說海斗告訴我他是刑警，直到上中學時還住在這裡，最近剛搬回這裡和爺爺奶奶一起住。

「沒錯。而且……」花乃子姐姐湊近我的耳朵小聲說，「小淳和三毛目前朝著正向發展中喲……」

「是哦？」

我也不由得回過頭看，小淳刑警的身影已經看不到了。腦海中不禁浮現了三毛姐姐和小淳刑警的模樣。

「他們感覺很配耶！」

「就是說嘛！我一遇到剛搬回這裡的小淳馬上想到這一點，真希望他們兩個能順利在一起！只是，還有個小問題……」

「小問題？」

「嗯。」花乃子姐姐點頭後看著我。「因為小淳是刑警。」

因為是刑警，所以有問題——我不懂這是什麼意思。花乃子姐姐指著路中央的長椅說坐一下。

大部分的店都打烊了，花開小路商店街一片昏暗，路上除了我們，一個人也沒有。不過就算三更半夜待在這裡也不怕危險。多數店家都住在店面後方或樓上，萬一聽到呼救聲大家都會衝出來解圍，況且四丁目那邊就有間派出所。

「剛才臨走前，我給了三毛一張紙條，看到了嗎？」

看到了。花乃子姐姐說了句「就是這個，麻煩妳嘍」並將便條紙遞給了三毛姐姐。今晚來聽三毛姐姐現場演唱的目的似乎就是為了把紙條交給她。

「那張紙條上面寫的是瀧川先生和新島小姐的姓名與住址。」

瀧川先生和新島小姐？

他們是誰？——我想了一秒，立刻恍然大悟。

「就是那位想送花慶生的——」

瀧川先生。而收件人就是新島小姐。

「咦？為什麼？為什麼要把那些資料拿給三毛姐姐呢？」

花乃子姐姐緩緩地轉過頭來，直視著我的眼睛。

「為了請她調查為什麼瀧川先生要送花給新島小姐，以及這兩人是什麼關係。還有……」花乃子姐姐說到這裡停了一下，輕輕吐一口氣，然後接著說：「委託三毛調查出他們兩人之間有什麼樣的問題。這件事必須絕對保密，希望芽依也要守住這個祕密。三毛表面上的職業是美術講師，其實還有另一個不為人知的職業——偵探。」

偵探？

雖然人已經躺在自己的床上了，但一顆心依然激動得難以入睡。

回到家以後，花乃子姐姐在她的房間裡說出了自己的祕密。

還有三毛姐姐的祕密。

三毛姐姐是偵探，但不是一般的偵探，其工作內容並非調查外遇事件或追查可疑人物。在接下委託案後，她會持續觀察與保護目標對象，而這種職業被稱為「守望者」。國外確實有這個行業，只是在日本的從業人員相當稀少。

一般偵探的業務執行範圍也包括在暗中保護目標對象。不過，守望者與偵探的差異在於，偵探會向認識目標對象的周邊人士打聽或確認相關情報，但是三毛姐姐不怎麼採取這些方式。

她能夠在任何人都渾然不覺的情況下，暗中進行觀察與調查。她甚至可以在絕不暴露自身職業的前提下，與目標對象結為好友，進而了解對方的私生活。至於她是怎麼辦到的，那就是商業機密了。

花乃子姐姐是在好幾年前一個偶然的情況下結識了三毛姐姐。其實，三毛姐姐也是在認識了花乃子姐姐以後才住進了花開小路商店街。關於那段偶然的來龍去脈，等日後有機會再說給我聽。

從那之後，花乃子姐姐便向三毛姐姐坦承了自身的祕密，請她相助一臂之力。

「記不得是從什麼時候開始的了。當顧客挑完花並指定配送時，我可以從中感應到對方蘊含的特別的心意。」

「特別的心意？」

「對。」花乃子姐姐點點頭。「比方說，我可以感應到那位顧客心裡想著：當這束花送達時，自己已經不在這個世上了。」

「天啊！」

不會吧……。花乃子姐姐皺了眉頭。

「這是真實發生過的例子。世上真的有一些人會基於非常可怕的理由，並且選在非常可怕的時刻送花給別人。」

「太恐怖了！」

收到花的人豈不是嚇壞了？

「當然有時候是要用這束鮮花去求婚的。遇上像這樣的喜事，雖然不認識對方，但我也會感應到客人的喜悅，忍不住露出笑容，對吧？」

「就是說嘛！」

「可是有時候會遇到嫉妒的第三者惡意送花去有婦之夫的情人家，害得人家夫妻吵架。小柾就曾親身經歷過——只是按照訂單把花束送過去，結果那對夫妻當場吵得不可開交。」

真的假的？

很難想像居然有人會把花拿去做那種用途。

「世上有多少人，就有多少種送花的理由。當然了，如果是一般常見的餽贈，例如慶生、探病或致謝之類的理由，我不會有任何感覺；只有非常特殊的緣由，我才會感應到這名贈送者的用意。」

「這麼說，花乃子姐姐在那個時候，也就是有所感應的時刻，瞳孔就會綻放太陽花嘍？」

聽我這麼一問，花乃子姐姐無奈地笑了。

「我自己不知道會出現這種反應，但是三毛也曾經提過這件事。畢竟那個當下我沒照鏡子，根本無從確認。我眼睛裡真的有花嗎？」

「真的有花！」

瞳孔裡綻放著太陽花。

「我猜，很可能是從媽媽那裡遺傳到的。」

「是阿姨遺傳給姐姐的？」

花乃子姐姐慢慢地點了頭。

「我媽媽的瞳孔裡也會綻放出太陽花。我小時候看過，但是沒有當面問過她。」

花乃子姐姐自從察覺自己擁有那種神奇的力量之後開始仔細回憶所有可能的線索，最後想起了阿姨

有時候會很神祕地出門辦事。她因而推測，或許阿姨和她採取了相同的行動。

管閒事。

也就是千木庭女士說過的那句話。這表示千木庭女士知道花乃子姐姐的祕密。

花乃子姐姐可以感應到贈花人蘊含的特殊心意。

如果那是幸福的想法、幸福的事情，就無須特別插手干預。自己做的這束花能夠為贈花人和收花人牽起幸福的緣分、搭起愛的橋梁，再沒有比這個更令人高興的事了。

但是，假如那種特別的心意是悲傷的……。

一旦察覺即將發生不幸的結局，自己總得幫忙扭轉情勢。

不惜竭盡所能。

所以花乃子姐姐找上三毛姐姐幫忙調查贈花人和收花人雙方的關聯。而三毛姐姐也贊同花乃子姐姐的理念，願意傾力相助。

早上起床洗臉刷牙後，接著和花乃子姐姐一起張羅早餐。韮山家早上一向吃麵包。通常是吐司搭配

蛋、香腸或培根，還有沙拉、水果和自製優格。

趕著去花市的小柾哥哥總是一頓狼吞虎嚥後喊一聲「我去一趟」就出發了。小柊哥哥則留在店裡準備開門營業。

在我來到這裡之前，接下來的時段，包括洗衣打掃在內的所有家事統統都得由花乃子姐姐一個人包辦，簡直忙得團團轉，她很開心現在有我一起幫忙。小柾和小柊哥哥雖然在工作上非常拚命，可是完全不碰家務。實際上，就連晚餐他們兩人也時常是在外面解決的。

不過，那是為了花開小路商店街盡一份心力。許多店家都會向我們買花，所以有機會就在這附近上館子，日常生活用品也都盡量在這條商店街上添購，如此才能促進這個商圈的永續經營。

忙完家事以後我就到店裡做事了：打開大門打掃、將花草擺放得整齊美觀、更換容器裡的水以及修剪葉片和花瓣。然後菲山花坊就正式營業了。

花乃子姐姐和小柊哥哥分頭準備今天要配送的花，以及製作傳統花束與歐式花束，我也在一旁幫幫小忙。這個時段經常接到來電訂購葬禮用花、婚禮用花，或是商用的花藝布置。如果接到訂單也得趕製。

小柾哥哥從花市批花回來後緊接著整理花材。有些鮮花是放在長條形的紙箱裡販售的，所以要打開箱子拿出來。統統拿出來以後要馬上把暫放在工作桌上的紙箱收拾乾淨，將花材做初步的修剪。

如果批來的是盆栽，不會立刻陳列出來，首先要換盆、澆水及注入營養劑，等到盆栽恢復盎然生機後再擺到店頭販賣。植物從花市一路顛簸到這裡想必有些累了，只要讓它們稍微歇一歇，原本垂頭喪氣的花朵和葉片都會明顯地恢復元氣，讓人也跟著感到開心。

一些常客固定大清早來報到。

每天早上，有來買一朵花插在住家玄關的奶奶、買花擺在總經理桌上的粉領族、買花放在護理站和大廳的醫院行政人員。醫院經常用花做為裝飾，因為花朵的香氣和色彩能夠帶給病患許多正面的影響。

花坊的早晨格外忙碌。不過，我現在可以領略到，不單是花坊，各行各業都是這樣的吧。這是在學校無法學習到的寶貴經驗。

「芽依——」

「有！」

花乃子姐姐忙了一會兒，完成一只可愛的小花籃後喚了我。這次的設計以白玫瑰為主花，高雅大方。我期許自己有一天也能像姐姐這樣三兩下就完成一件作品。

「可以幫忙把這籃花送到四丁目的矢車大廈的聖伯家嗎？」

「四丁目的聖伯？」

「對。」花乃子姐姐露出微笑。「矢車聖人先生位於大廈頂樓的住家。一位英國老伯伯，大家都稱他聖伯。他經常一身西裝、帶著手杖在街頭散步，不曉得妳看過沒？」

「啊，我知道！我看過那位老伯伯！」

就是那位瀟灑帥氣的老伯伯。只是還沒機會向他好好問候。

「聖伯有英國的朋友來作客，特地訂了一籃那位朋友喜歡的花擺在家裡。款項已經付清了，只要送過去就好。」

「好。」

小柾哥哥告訴過我，矢車家曾是這一帶的大地主。聖伯的女兒和「白銀皮革店」的兒子結了婚，聖伯目前一個人住在大廈頂樓的其中一戶。

他是一位非常紳士的老先生。

聖伯已經歸化日本籍，現在是日本人了。他和韮山家過世的阿姨與姨丈是朋友，歡迎我有空去他家玩。還請我喝了好香的紅茶。

不過，總覺得繚繞滿屋的紅茶香，好像和上回在三毛姐姐家喝過的紅茶是同樣的香氣……還是我想太多了？

回到店裡後，我搭上花乃子姐姐開的車一起去送花。

目的地是那位新島佐代子小姐家。

花乃子姐姐告訴我「吃過晚飯帶妳去找三毛姐姐」那句話，已是三天前的事了。

這天上午，我懷抱雄心壯志一起去送花，結果在新島佐代子小姐家什麼事都沒有發生。說得也是，還能發生什麼事呢？新島佐代子小姐不在家，出門上班去了。

她的住家是一棟略顯老舊的獨門住宅，只有一個奶奶在家，我猜應該是佐代子小姐的母親。我們轉告這是瀧川先生送給佐代子小姐的花，奶奶很開心地直嚷著「哎呀破費了」，甚至邀我們「喝杯茶再走嘛」，可以看出她有多麼高興。不過，我們當然不好意思進去打擾。

只是，就這樣而已。我注意觀察了花乃子姐姐的眼睛，她的瞳孔並沒有綻放太陽花。

回到車上，我問了花乃子姐姐「就這樣哦？」她無奈地笑著回答「就這樣呀！」

我們能做的，就是把花送到指定的地點而已。

花坊能做的，就只有這樣而已。

立花莊的三毛姐姐家充滿著「葛蘭」的香氣。這種紅茶真的又香又好喝。我以前從不覺得紅茶有什麼好喝的，但從此以後可能愛上紅茶了。不曉得三毛姐姐是不是和聖伯很熟？這種紅茶是不是聖伯送她的？

「我先說結論吧。」

三毛姐姐開門見山地說。我和花乃子姐姐一起點頭。

「花乃子的感應是對的。新島佐代子小姐與瀧川正和先生彼此相愛，可是兩人之間有個阻礙。也就是有某塊絆腳石擋在他們之間。

三毛姐姐擺在桌上的那張照片裡有個可愛的小女孩和溫柔的媽媽，母女倆臉上都帶著笑容。照片是從正面拍攝，所以應該不是偷拍的，況且小女孩還比了個V的手勢。

「照片拍得不錯吧？這就是收到花的新島佐代子小姐，三十五歲；這是她的獨生女真菜，七歲，小學二年級。她現在恢復了娘家的姓氏，結婚時使用的夫姓是楢崎。」

三毛姐姐邊說邊在一張正方形摺紙形狀的便條紙上寫下了剛才提到的一連串姓名。花乃子姐姐神情嚴肅，看過便條紙後望向三毛姐姐，點了頭。

「真菜長得真像媽媽。」

「好可愛的小妹妹喔！」

她笑起來的模樣真的好可愛，長大以後一定是個大美女。我們送花過去的時候她應該在學校上課。對了，玄關好像擺著一雙女童運動鞋。

「很遺憾，這個真菜小妹妹的爸爸，也就是佐代子小姐的丈夫楢崎郁夫先生，於五年前過世了。」

「過世了……」

花乃子姐姐和三毛姐姐的表情都有些悲傷，我也很難過。這麼可愛的一個小女孩就這樣沒了爸爸。

「這麼說，是在真菜才兩歲的時候？」

「是呀。」三毛姐姐輕輕點頭。「是在國外出差時發生的事故。楢崎先生在東京的商社上班，被派去印度三個月左右，就在那裡出了意外。」

「這樣喔……」花乃子姐姐輕嘆了一聲，接著說，「想必是抱著遺憾離開人世的。」

「我想也是。」

三毛姐姐跟著點頭，眼中似乎泛著淚光。

幾次相處下來，我發覺三毛姐姐雖然容貌和舉止都像貓那樣高傲，但那只是表面上而已。她的內心其實非常溫柔而且熱情。

「芽依，人生很殘酷吧？」

「很殘酷。」

三毛姐姐一臉嚴肅地看著我。

「妳要記住，當妳在埋怨自己非常不幸的同一剎那，世界上卻有渴望活下去、非活下去不可的無辜的人們死於殘酷的病魔、意外及戰爭之中。懂我的意思嗎？」

我向三毛姐姐點了頭。我懂，我了解。

「妳不覺得，比起像那樣死去的人們，單純只為不幸而煩惱的人是多麼幸運嗎？光是能夠活在世上、還能活著煩惱，別說有多麼幸運了。」

「嗯，我知道，我明白了。」

三毛姐姐聽到我的回答，放心地笑了。

「那我講回正題嘍。在丈夫過世以後，佐代子小姐仍然沒有改回娘家的姓氏，繼續住在夫家，就這樣過了好一段日子。但是她的公婆十分通情達理，告訴佐代子小姐他們把她當女兒看，當然很高興她繼續住下來，可是她還年輕，往後還會遇到其他好對象，建議她不妨遷出戶籍，恢復本姓，做回新島佐代子。」

對喔。我沒有經驗，聽了以後才恍然大悟。結婚以後要改姓，若是丈夫死掉了，也可以選擇恢復原本的姓氏。

「所以，她現在的名字是新島佐代子。」

「她夫家那邊，真的沒有任何會造成不幸的導火線嗎？」

花乃子姐姐擔憂地詢問，三毛姐姐淺淺笑了一下，點點頭。

「別擔心，她先生的父母很善良，始終把佐代子小姐當女兒看待，也非常疼愛真菜這個孫女。每年中元節總是齊聚一堂追思郁夫先生，開開心心地一起吃飯。他們衷心期盼佐代子小姐能夠邁向嶄新的人生，當然包括再婚這個選項在內。他們尊重佐代子小姐的決定，只要是個好對象儘管結婚，千萬別有所顧忌。他們相信兒子，也就是過世的郁夫先生，應該也希望她這麼做。」

「真是太好了！」

花乃子姐姐臉上雖浮現微笑，但似乎還摻雜著一絲複雜的情緒。也許是我多心了。

「所以，佐代子小姐目前住在位於彌生町的那個家是她娘家。妳們見過她母親了吧？」

見過了，是個和藹的奶奶，收到花束時很高興，一直稱讚真漂亮。

「佐代子小姐的父親呢？」

「在佐代子小姐結婚前因病離世了。她母親靠著年金維生，佐代子小姐在附近的大型超市擔任事務員，雖然不是正職人員，但是薪資足夠母女倆花用了。畢竟住在娘家，在金錢方面不至於過於煩惱。」

花乃子姐姐安心地點了頭。

「接下來要進入重點了。送花的瀧川正和先生是郁夫先生同公司的學弟，今年三十歲。」

「三十歲……」

我和花乃子姐姐同時囁囁複誦。

「這麼說，比佐代子小姐年輕五歲？」

「沒錯。雖然是件微不足道的小事，仍舊成為其中一道阻礙。介意的人是佐代子小姐。瀧川先生現在依然在那家商社工作，上班地點和住家都在東京。」

「他住在東京？」花乃子姐姐有些驚訝。「那為什麼要特地到我們店裡買花呢？」

「這得問他本人才知道了。不過，據我推測，很可能是佐代子小姐和郁夫先生結婚之前，郁夫先生就是在韮山花坊買了花帶去佐代子小姐家登門提親的。」

「什麼？」

花乃子姐姐和我都有些吃驚地面面相覷。

「大老遠的專程跑這一趟就因為這個理由？」

三毛姐姐點了頭，輕輕嘆了一口氣。

「瀧川先生就是這樣的性格。可以說是謹守交往的禮節，甚至是過於小心翼翼。」

聽到這裡，花乃子姐姐側著頭問：

「兩人之間最大的阻礙，難道是和瀧川先生的性格有關嗎？因為他是丈夫生前的公司學弟？」

三毛姐姐肯定地點了頭。

「楢崎先生死於那場車禍的時候，瀧川先生也在印度。」

「也在印度……」

「那是瀧川先生進公司後首度到海外長期出差，所以凡事仰賴既是公司學長亦是主管的楢崎先生。身為學長的楢崎先生，從工作內容到海外的生活起居，無不逐一親自指點與教導，他可以說是瀧川先生最信賴、最喜歡的學長。那一天也是……」

那場事故肇因於一輛翻車的巴士。

巴士翻車滾到楢崎先生駕駛的車子前方，他試圖閃避卻遭到另一台大型車輛迎面撞上。

光是想像當時的場景就讓人手汗直流。

「原本瀧川先生也應該在那輛車上。按理說，應當由身為部屬的瀧川先生開車才對。但是他那天早上身體不舒服，楢崎先生強迫他待在家裡休息，說是自己一個人去就行。於是，瀧川先生就在暫租公寓的房間裡睡覺。不料──」

花乃子姐姐嘆了一聲，接下去說：

「他接到了那場車禍的噩耗。」

「對。」三毛姐姐皺起眉頭。「一想到瀧川先生有多麼痛苦，不由得為他感到難過。」

「是啊。」

她們都雙眉深鎖，我也一樣。我雖然只是高中生的年紀，還是能想像得到那樣的傷痛。

瀧川先生失去了最喜歡、也是最尊敬的學長。他認為是自己害死了學長。假如那時他確實做好自我健康管理，當天一起出門，並且是由他開車的話……

或許楢崎先生就能逃過死劫了。

「可以想見，任何人的安慰都無法讓他原諒自己吧。」花乃子姐姐接著詢問：「這麼說，兩人結婚的絆腳石是他內心的懊悔，也就是痛恨自己沒能救回佐代子小姐的丈夫嗎？」

有任何不懂的事就直接問。這是花乃子姐姐第一天告訴我的話。

三毛姐姐緩緩點了頭。「他心裡五味雜陳。」三毛姐姐指著瀧川先生的照片接著說：「憾事發生後，他原原本本地向成了寡婦的佐代子小姐坦承事實，並且向她謝罪。他哭著道歉，說自己犯下不可饒恕的過錯。但是，佐代子小姐並不是那種不明事理、一味責怪瀧川先生的人。她反而對這個小她五歲、剛進公司兩三年的後輩曉以大義，要他連同丈夫的那一份一起活下去，拚命工作，努力生活。」

楢崎先生向來對自己的工作引以為傲。佐代子小姐希望瀧川先生能夠繼承丈夫的遺志，在工作上做出一番亮眼的成績。

瀧川先生於是抱著贖罪的心態，以及對楢崎先生的懷念，決心為佐代子小姐和真菜小妹妹赴湯蹈火在所不辭。

「那場死亡車禍的發生地點在國外，許多手續相當繁瑣，還有業務上棘手的善後處理，這一切都由他一個人承擔下來，到處奔忙。為了最喜歡的學長，為了遺留在世的兩位家屬。此外，每個月的月忌日他也必定前來祭拜。」

漸漸地，真菜開始向瀧川先生撒嬌了。有時三個人會去外面的餐廳吃飯。由於親生爸爸驟逝時真菜才兩歲，她把常來探訪的瀧川先生誤認成爸爸了。

「楢崎先生的父母也希望瀧川先生能夠名正言順地成為真菜的爸爸。」

聽說瀧川先生曾在真菜小妹妹的央求下，以父親的身分參加了幼稚園的運動會。

「問題是……對吧？」

花乃子姐姐說。

「對。」

三毛姐姐點了頭。連我也能想像得到，佐代子小姐和瀧川先生在思考什麼、煩惱什麼。

「佐代子小姐認為自己不該依賴瀧川先生，一個年過三十還帶著拖油瓶的女人不應當妨礙了瀧川先生的大好前程，而瀧川先生則告誡自己萬萬不可喜歡上學長深愛的妻子。他不斷告訴自己，這只是為了贖罪，只是為了報答在天國的學長的恩惠，所以才照顧這對母女。可是……」

「男人和女人的情感，哪裡是能夠依從理性判斷的呢？」

花乃子姐姐的這段話我不是很懂，不過我可以了解，他們對彼此愈來愈在意，但又互相踩煞車。

「可是，再怎麼努力，終究贏不了那個已經不在世上的人吧？」

「對。」

兩人內心的芥蒂是那位已故的楢崎先生。

「他們的確彼此相愛，卻又雙雙謹守分際，心裡明白絕不能跨越那條線。」

我猜這屬於成年人的話題，臉頰不禁有點脹漲紅。

不過，我終於完全理解花乃子姐姐感應到的心意了。這樣的刻骨銘心，怎能讓人不出手相助呢？問題是……。

「三毛姐姐。」

「什麼事？」

我有個天大的疑問。

「在這麼短短的時間裡，才過了整整兩天而已，您是怎麼知道他們兩人那麼多事情的？您是怎麼調查的？」

實在太厲害了。

就算是再厲害的偵探、再高明的間諜，甚至是請到小淳刑警親自出馬，都不可能查得那麼鉅細靡遺。

三毛姐姐略微縮起下巴。

「那個是……祕密。不過，一半以上的功勞必須歸給花乃子。」

「是花乃子姐姐的功勞？」

三毛姐姐看著花乃子姐姐，肯定地點了頭。

「她不是把具有解緘草功效的馬鞭草放進瀧川先生贈送的花束裡了嗎？」

「嗯。」

「那件祕密武器，解開了大家的心鎖。」

解開心鎖……。

「有那麼神奇的功效啊？」

花乃子姐姐笑得無奈。

「只能說，就是那麼神奇。妳也只好相信了。所以我才會特地把馬鞭草加進花束裡，為的是讓三毛可以輕而易舉打開新島佐代子小姐家人們的心房。」

我瞪大了眼睛。祕藏在花朵裡的神奇力量。花乃子姐姐說過，花草在人類的歷史中從未缺席。

「此外，馬鞭草還有另一個花語。」

另一個花語？

「『家庭和睦』，也就是有助於大家相處融洽的一道咒語。在馬鞭草的祝福下，首先是新島小姐敞開了心扉，接下來這種功效還會擴及到瀧川先生那邊的家族，讓這些未來的親戚全都樂意接納她。」

「所以嘍……」三毛姐姐露出微笑。「我用我的方式調查出許多事物的本質。著手調查的人的確是我，但是製造那個契機的是花乃子的花。」

難道……？

「花乃子姐姐，妳該不會是女巫吧？」

雖然花乃子姐姐並沒有製造任何藥物，可是拿花花草草做成魔法藥的人不就叫做女巫嗎？我老實交代了自己的想法，三毛姐姐和花乃子姐姐都捧腹大笑。

「有道理喔，我也這麼覺得耶！」

藉由花語施展魔法的女巫。

而且是讓大家得到幸福的女巫。

「我常想，如果真能辦得到，不知該有多好。」

說著，花乃子姐姐的臉色略微黯淡下來，輕嘆了一聲。

四　菩提樹×石竹

花乃子姐姐的臉色略顯黯淡。

她本人大概沒有察覺，但連我都看得出來了，和她十分要好的三毛姐姐更不可能沒有發現，或者該說，肯定發現了。可是，三毛姐姐只稍微牽動了嘴角，終究什麼都沒有說，依舊不動聲色，像是刻意輕描淡寫帶過。難道是什麼不可提及的禁忌嗎？

花乃子姐姐還有事情瞞著沒讓我知道。

當然了，一個成年女性難免有一兩個不能讓別人知道的祕密，就算親如表姐妹，也不可能把所有的祕密一五一十地告訴我。雖然不會告訴我……

但這也表示她的確有什麼事瞞著沒讓我知道。

我突然靈光乍現，一定和小柾哥哥提過的那件事有關。花乃子姐姐時不時會露出寂寞的神情和舉止，絕對和那個人有所關聯。

我很想問，真的真的很想問個清楚，可是小柾哥哥讓我等著別急著問。我正猶豫著到底該不該問出口時，花乃子姐姐忽然喃喃說了一句：

「菩提樹……」

「菩提樹？」

三毛姐姐同樣納悶地反問。

「那是一種樹名吧？」

一種叫做菩提樹的樹木。為什麼花乃子姐姐會想起這種樹呢？雖然聽過這個名稱，但具體長得什麼樣子卻想不出來。實在很想知道姐姐為何會忽然提起這種樹。

「菩提樹怎麼了嗎？」

「嗯……」花乃子姐姐慢慢點了頭，微微一笑，看著我。「我能夠感應到來買花的顧客所蘊含的心意，基於管閒事的個性而採取進一步的調查。因為我不希望親手賣出的花牽扯到痛苦的事件或悲傷的結局。」

「嗯。」

這個我懂。

「換成是我，假如同樣擁有那種神奇的力量，應該也會這麼做。花乃子姐姐千萬不要認為是自己多管閒事，這是幫助別人的好事。」

「謝謝妳喔！」花乃子姐姐燦爛一笑。「可是芽依，雖然之前我神祕兮兮地說這種力量『是祕密喔！』可是就這次的事情來說，接下來我什麼忙都幫不上了。」

「幫不上忙？」

我不由得愣了一下，望向三毛姐姐，她也點頭附和。

「以過去的例子來說，有時候可以幫得上忙……」三毛姐姐輕輕嘆氣。「人心難以捉摸，不是他人所能掌控的。芽依應該懂我的意思吧？」

再明白不過了。我就是因為這樣才離開了學校。

「如果是之前花乃子提過的試圖輕生的顧客，我們還有辦法阻止。比方假裝恰巧出現在他想要結束生命的現場，就能及時阻止悲劇的發生。救下對方以後，想盡辦法打消這種念頭，幫助他得到活下去的力量。諸如這樣的情況，倒還幫得上忙，可是……」三毛姐姐接著說：「如果顧客的煩惱是情啦愛啦的，我們可就無能為力了。像這回的新島佐代子小姐和瀧川先生的情況，借助花乃子放入馬鞭草的效用，我得以順利調查出兩人的難言之隱，但接下來的事可就……。」

原來如此。我看了看花乃子姐姐，只見她眉頭輕蹙地解釋：

「我們能做的，頂多是想辦法接近他們，變成他們的摯友，然後勸他們畢竟雙方彼此需要，不妨放下心中的罣礙——」

三毛姐姐緊接著補充：

「問題是，要達到那個程度，也就是要變成無話不談的摯友，通常得花上很多很多時間。」

「說得也是。」

兩位姐姐的話有道理。

「況且，即便能夠向他們提出懇切的建言，婚姻大事畢竟不是兒戲，無法輕易決定。而要讓兩個人同時下定如此天大的決心，恐怕……」

難上加難。我明白姐姐們的無奈了。

三毛姐姐也朝我緩緩地點頭，沉默了片刻。

「這真的是必須由他們本人面對的問題。就算身旁的人都認為他們不結婚實在太可惜了，還是得交由兩位本人聽從心裡的聲音做出最終的決定。我們這些外人妄想干預他們的心聲，未免太自不量力了。」

「可是……」

花乃子姐姐的眼睛都綻放出太陽花了呀！

「就是因為花乃子姐姐感應到他們是一對應該結婚的幸福佳偶，所以眼睛才會開出太陽花的不是嗎？再這樣下去，他們兩人將永遠得不到幸福，所以才認為一定要好好調查一番，不是嗎？」

「話是沒錯，但是……」花乃子姐姐輕輕地說，「也可能只是我的杞人憂天罷了。假如情況很單純，譬如是外遇對象的惡作劇，那麼我沒什麼好猶豫的。如果是那種情形，我和三毛可以比較放心地介入。」

「就因為這件事關乎兩個一絲不苟、坦誠相對的男女的愛情課題，所以我和花乃子才會猶豫。」

三毛姐姐接著說。成年人的課題。愛情的煩惱。正因為三毛姐姐和花乃子姐姐深知這一點，所以才覺得對後續的狀況幫不上忙。原來是這麼回事。

「那麼，剛才為什麼提到菩提樹呢？」

「嗯。」花乃子姐姐展開雙手比劃。「樹，長得又高又大吧？凡是龐大的東西必定相對擁有巨大的力量，萬物皆是如此。菩提樹也會開出很漂亮的花喔，花語是『夫妻之愛』。」

「『夫妻之愛』！」

好美的花語。

「傳說中，這種花能夠讓感受到彼此需要的兩個人，具備使對方明確了解自身心意的力量。所以……」說到這裡，花乃子姐姐像是要確認什麼似地，用力點頭後才往下說：「像這次的情況，若要在新島佐代子小姐和瀧川先生的背後推一把，我覺得最適合的花就是菩提樹了。」

「姐姐要送他們菩提樹吧？這樣一來，他們就可以——」

我還沒說完，三毛姐姐已經忙不迭地朝我擺擺手。

「芽依，不是那樣的。就算花乃子送樹給他們，也派不上用場的。」

「是哦？」

「是啊。」三毛姐姐說。「只有當贈花人與收花人之間具有某種連結時，花乃子的神奇力量才會發生功效。我們已經確認過好幾次了，就算花乃子為了解決某種狀況而直接送出花草樹木，也不會發生任何作用。更何況……對吧？」

三毛姐姐看向花乃子姐姐。花乃子姐姐望著我，點著頭說：

「如果我把真相說出來，花語的魔法就會完全失效了。」

「會失效哦？」

花乃子姐姐面露遺憾。

「當然，我並不是百分之百相信這種『魔法』的神效，不過，所謂的咒語，從古老的時代就有一項不成文的規定：凡是說出來或被別人知道了就會失去效果，不再發生任何作用了，不是嗎？」

「對喔。」

的確沒錯。想起來了，讀小學時有一陣子不少同學很迷這類東西。咒語通常都要悄悄進行，否則就沒效了。當然了，我才沒幼稚到相信那些咒語真的有效。

不過，花乃子姐姐的花魔法是真的有效！

可是，萬一說出來就會失效了。

「何況，」三毛姐姐微微搖著頭說，「要用到的是『菩提樹』。花乃子既不是園藝師，種樹更不是她的專長，況且要在別人家種一棵樹實在太荒唐了。」

「花坊不能幫人家種樹嗎？」

花乃子姐姐輕輕搖頭否認。

「不是那樣的。要種也不是不可以，只是很少承攬那樣的訂單。這比較屬於景觀設計師或園藝師的工作範疇。當然，如果有客戶下單，我們可以協助採購樹苗和種在院子裡。」

「還有一個難關。樹木種下以後，還得等上好一段日子才會開花吧？」

花乃子姐姐點著頭答覆三毛姐姐的詢問。

「一般而言，向園藝店買來菩提樹的樹苗、種在院子裡、等到確實扎根了以後的第二年才會開花。」

「那得耐下性子慢慢等了。」

可是，可是可是……。

「假如栽種的是已經長得比較大的菩提樹，很快就會開花了吧？」

花乃子姐姐側著頭想了想。「應該會開花吧。但是那得請到真正從事園藝景觀設計的專家出馬了，光憑我的能力是辦不到的。」說完，她聳聳肩。「話題扯遠了。總之，後續的事沒有我們幫忙的餘地了。」

「那三毛姐姐呢？他們既然願意把那麼隱私的事情告訴您，表示您和他們很熟了吧？馬鞭草已經打開他們的心房了吧？」

「很遺憾，」三毛姐姐啜了一口紅茶之後說，「花語魔法的咒語一下子就失效了。包括佐代子小姐和瀧川先生都已經當我只是一個見過一兩次面、聊過幾句的泛泛之交而已了。剛才提過，要和他們變得更加熟悉，得花上很長一段時間才行。」

是哦。原來是這樣呀。兩位姐姐都輕嘆一聲，喝了紅茶。

「今晚就談到這裡吧。」

三毛姐姐先開口，花乃子姐姐也點頭同意。

「明天還有工作要做。反正事情不急，大家再分頭想想還能為他們做些什麼吧。」

「也好。先謝嘍。」

花乃子姐姐也微微一笑，點點頭。

有工作要做。

常看電視劇裡頭的台詞說「有工作要做很辛苦」云云，我現在可以充分體會到大人為什麼會說這句話了。比起上班，學生「非得去學校上課不可」的壓力根本算不上什麼。

昨晚結束了那場談話以後，我回到自己房間又繼續想了很多方案，野心勃勃地打算明天提供花乃子姐姐參考，結果從早上睜開眼睛以後就忙得昏頭轉向，哪裡還有空去想佐代子小姐和瀧川先生的事呢！

首先是配送訂單多得要命，光靠小柾哥哥一個人根本送不完，所以近距離的訂單就由花乃子姐姐騎速克達機車送貨。韮山花坊除了那輛貨車以外，還有一台黃色的三輪速克達。有時候配送地點比較近，就把花放在載貨架的箱子裡送過去。

問題是，當花乃子姐姐和小柾哥哥同時出門，店裡自然只剩下小柊哥哥和我留守了。

還好我已經學會如何接待顧客了，對花卉方面的知識雖然還有待加強，不過只要請教小柊哥哥應該足以應付。我盡量待在店裡不敢亂跑，以免留下小柊哥哥單獨一個人無法應對上門的客人。

倏然想到，昨晚還為佐代子小姐和瀧川先生煩惱了大半夜，今天卻把那事拋到九霄雲外去了，腦子裡光是思考工作都來不及了。

原來工作是這麼回事啊。

無論如何，一切以工作優先。如果我沒及時照料花草、接待顧客，就會造成別人的困擾。

我和小柊哥哥一起在工作桌上處理花材。同樣地，若是我沒有好好處理，花兒就會枯死，使得細心培育花卉的花農心血白費，也會害特地來買這種花的客人買不到。連帶的影響就是韮山花坊的收入減少了。

「小柊哥哥，我跟你說喔。」

「嗯？」

「工作不僅是件辛苦的事，也是件重要的事，對不對？」

小柊哥哥的眼睛瞪大了些，接著露出了微笑。

「是啊。」說著，他端詳著我的臉。「為什麼突然冒出這樣的想法？」

我不方便說出真正的原因。

「只是忽然覺得，無論有多大的煩惱也得專心工作，而且如果有人沒有堅守崗位，就會造成其他人的麻煩。」

「嗯。」小柊哥哥點了頭。「是啊，直到不久前我才想通了這一點。」

「不久前？」

他笑了。

「真的是不久前。芽依真了不起，剛工作幾天就有這樣的體悟了。」

「這哪有什麼了不起的嘛！」

我有些害臊地反駁。小柊哥哥又端詳著我的臉，兀自點頭。

今天真的忙翻天了。來店的顧客川流不息，配送訂單也多得要命，還突然接到一樁花藝布置的案子，根本沒空休息。等到四個人總算再度集合，已是接近打烊時間的七點，小柾哥哥剛剛送完最後一單回到了店裡，而完成花藝布置急件的花乃子姐姐也不過是十分鐘前才回來的。

「累死人啦！」

小柾哥哥嚷嚷著，在後面的作業區一屁股坐下來歇歇腿，花乃子姐姐開口慰勞：

「辛苦了。芽依也辛苦了，對不起喔，讓妳在店裡忙了一整天。」

「我一點都不累！」

其實說一點都不累是嘴硬，但我還是逞強地將腦袋瓜搖得像波浪鼓一般。四個人中我最年輕，要是這點小事就喊累就對不起大家了。

「今天的晚飯去外面吃吧。」

「贊成！」

小柾哥哥附議，小柊哥哥也點了頭。

「芽依，想吃什麼？」

花乃子姐姐問我。我想了一下今天想吃什麼樣的風味。花開小路商店街上各國菜式一應俱全，便利極了。

「La Française！」

今天想吃那家餐館的焗烤料理。

我們踏進餐館時正好前一批用餐的顧客結帳離開了，裡面的包廂是空的，但La Française的美海姐姐卻問我們「方便併桌嗎？」她指著一張六人座的大桌，笑著說有位又高又壯的先生剛剛一個人霸占了那張桌子。

「嘿，全家出來吃飯啊？」

獨自坐在桌前的那位顧客朝我們招手，笑著嚷嚷著「坐下坐下」。這名高大的男士是……。

「名取，難得在這裡遇到你呀！」

花乃子姐姐也笑著朝他招招手。我想起來了，是名取皮鞋店的名取弘樹先生。海斗告訴過我，他是劍道五段的高手，花乃子姐姐的同學，曾經暗戀過花乃子姐姐可惜被甩了。

「今天一起出來吃飯？」
「是呀，忙得沒時間煮晚飯。」
「生意興隆是好事哩！」
小柾和小柊哥哥坐在弘樹哥哥旁邊，我和花乃子姐姐坐在對面。
「伯父伯母近來好嗎？」
「很好。」
說完，弘樹哥哥隨即看向我，露出親切的笑容。
「芽依，怎樣？在花開小路商店街已經住慣了吧？」
我愣了一秒，馬上反應過來，鼓足精神回答「住慣了！」因為我明白弘樹哥哥改變話題的用意是避免花乃子姐姐、小柾和小柊哥哥憶起傷心往事。
花乃子姐姐其實只是順口問候老同學的父母親而已，畢竟大家都是熟識的老鄰居了，但是弘樹哥哥卻顧忌花乃子姐姐他們已經失去父母了，為了不讓這個話題延續下去，因此轉而找我聊天。
我了解他的苦心，所以順勢接下了這個話題。
「聽說弘樹哥哥是劍道五段的高手喔？」
「對對對，貨真價實絕不吹牛！說起這個就想到這兩個小子小時候……」說著，他朝小柾和小柊哥哥那邊揚了揚下顎。「我也邀過他們來道場練一練，結果他們一點也沒興趣，溜之大吉啦。」

「少來！根本是死拖活拉地把我們拎過去的好吧？」

「是啊，還好我們找機會逃了出來。」

「有那回事啊？」

弘樹哥哥大笑起來。他身材魁梧，自然聲如洪鐘。很抱歉，我還是覺得弘樹哥哥和花乃子姐姐實在不登對。

不過，他的笑容爽朗、活力充沛，是個很好相處的人。我以後一定會繼續光顧名取皮鞋店的。

大家說說笑笑，享用了一頓歡樂的晚餐。

弘樹哥哥不愧是開店做生意的人，十分健談，而且大家又是從小認識的朋友，所以有趣的話題一個接一個聊個不停。大家吃得飽飽的，聊得開心極了。小柾和小柊哥哥說要先回去洗澡，花乃子姐姐和我以及弘樹哥哥留下來繼續大啖餐後的甜點和飲料。忽然間，花乃子姐姐的手機響了，她到店外接聽這通朋友的電話，於是桌前只剩下弘樹哥哥和我兩個人而已。

「芽依，還習慣吧？」弘樹哥哥帶著和藹的笑容問我，「韮山家的人都很親切吧？」

「對！」

真的很親切。我告訴弘樹哥哥，真的很慶幸自己做了離開高中進入職場的決定。弘樹哥哥聽了很高興地直點頭稱許。

「不過芽依啊，假如有什麼煩惱之類的不方便告訴韮山家的人，不必因為受他們照顧就憋在心裡不敢講哦。用不著客氣，儘管找這裡的海斗說說，或是如果找女生比較好開口就找美海商量。別忘了，我家對門還有個刑警哩！當然了，找我更是沒有問題。除了這些人以外，這條商店街上還有好多值得信賴的傢伙喔！」

弘樹哥哥雖然語氣戲謔，但我明白他是真心為我著想，便老老實實地點了頭。說得也是，儘管現在沒有那個需要，但說不定以後會有什麼事情不方便告訴花乃子姐姐以及小柾和小柊哥哥他們的。

想到這裡，腦中乍然冒出一個念頭。我也不曉得為什麼會突然想到這件事。

菩提樹。

以及……。

「啊！」

我不自覺地嘟噥了一聲，弘樹哥哥慌裡慌張地瞄了一眼還在外面通電話的花乃子姐姐，確認她暫時還不會進來，趕緊壓低了嗓門問我：

「怎麼啦？已經有什麼困擾了嗎？說來聽聽。」

「噢，不是的……」由於想到的事根本不是困擾，所以我也緊張得直搖手。「只是有件事想知道而已，但必須瞞著花乃子姐姐。」

「沒問題！只要是我知道而且可以說出來的事，統統可以講給妳聽！」

到底該不該問呢？可是，說不定……。反正假如真的不便透露，弘樹哥哥應該也會直接說不能講。

「是關於觀櫻寺的那位信哉師父。」

弘樹哥哥的表情頓時垮了下來。

弘樹哥哥說，他不確定自己當第一個告訴我的人是否妥當，不過那算不上是什麼祕密，凡是認識韮山家的人，也就是這條花開小路商店街上的老住戶，人人都曉得那件事。

回到家以後，弘樹哥哥打了電話給我。剛才他說，那件事不方便在餐館裡談，而我們另約時間私下碰面也不太恰當，所以他答應稍後會和我通個電話。

（小柾不是說過了，讓妳等有一天花乃子親口告訴妳？）

「小柾哥哥的確說過了。」

（既然如此，還是等她自己講出來比較好。反正也沒有什麼非急著現在知道不可的理由吧？）

「的確應該等姐姐自己講才對……」

問題是，我突然有個好主意。

「我只是覺得，如果可以提前知道，就能幫上花乃子姐姐的忙。」

（能幫上她的忙？）

「對不起，我沒辦法說出細節，只是現在遇到了一個小問題，至於那個問題是什麼，我也不能告訴您，但是我覺得自己能夠幫助花乃子姐姐解決煩惱。」

（妳的意思是，只要知道了信哉師父的身分，就能解決花乃子的煩惱？）

「是的。」

（而且妳認為不能直接問小柾、小柊和花乃子，必須問其他人才可以解決那個妳不能告訴我的問題，對吧？）

「就是這樣沒錯。剛好今天遇到弘樹哥哥，忽然想到應該可以請教您。對不起，只能說得這樣含含糊糊的，請原諒我。」

我是真心認為可以幫上忙。可以感覺到電話那頭的弘樹哥哥陷入思索。

靜默的狀態大約持續了五秒鐘。

（好，我明白了。既然芽依信任我，我也相信芽依！）

「太感謝了！」

（那件事人人都知道，可是誰都不敢提起，只希望讓時間解決一切。）

讓時間解決一切。

（觀櫻寺的信哉師父，也就是稻垣信哉先生，是花乃子的男朋友，兩人曾經約好要結婚。或者應該說，我想，他們現在還沒有解除婚約。）

信哉師父是……

花乃子姐姐的未婚夫！

我擬好計畫了。

不過，單憑我一個人實在辦不到，但這件事又不能找花乃子姐姐商量，左思右想了老半天，該找海斗討論嗎？還是找弘樹哥哥呢？或者乾脆拜託小淳刑警呢？其實小柾和小柊哥哥也曾在我的名單上面，可是想必後續會惹出麻煩，還是算了。經過一番刪刪減減……

最後只剩下三毛姐姐了。

下一道難關是，該如何在花乃子姐姐不知情的狀況下，和三毛姐姐詳談計畫。

「看來，只能利用公休日了。」

明天是星期二，隔週公休的日子。只要對花乃子姐姐說想回去看看爸爸媽媽，她一定會催著我趕快回去。姐姐平時就常嘮叨著家裡的爸媽一定擔心，讓我得趁放假有空時回家讓他們看看女兒才好。

於是，滿懷歉意的我很不禮貌地請三毛姐姐到東京。若能在那邊找個地方詳談，就不會讓花乃子姐姐知道了。因為三毛姐姐本來就在東京當講師，我們在那裡見面也沒什麼好奇怪的。

嗯，非常完美！

「的確，在這裡見面就不怕被花乃子撞見了。」

三毛姐姐滿意地笑著說。這裡是她擔任講師的那家位於神保町的專科學校。我傳訊息給三毛姐姐時，千叮嚀萬交代這件事絕對不可以讓花乃子姐姐知道，於是她說碰面的地點就約在這裡——專科學校裡一間類似會談室的地方。

三毛姐姐說，在這裡談任何事情，其他人絕不會知道。

「說吧！」

今天的三毛姐姐是一身黑。材質柔軟的黑色針織衫外搭一件輕薄的毛衣，底下是黑色的窄管牛仔褲。一派美術老師的風範。

「找我商量什麼不能讓花乃子知道的事情？」

三毛姐姐真是開門見山。

「這件事和稻垣信哉先生有關。」

「嗯。」

三毛姐姐點了頭。

「您知道哦？」

「隱約感覺到的。這麼說，妳知道信哉師父的身分了？」

「向別人問來的。」

我老實交代了是向名取皮鞋店的弘樹哥哥問來的。因為三毛姐姐是偵探，什麼事都逃不過她的法眼，就算想隱瞞，也遲早會被她調查得一清二楚。

三毛姐姐點著頭，微微皺起眉頭。

「妳說找到了解決方案，是指可以解決新島佐代子小姐和瀧川先生的問題？」

「對。」

「呃……」三毛姐姐抵著額頭思索。「好吧，那件事等一下再談。……我和花乃子是在車禍發生之後才認識的，所以關於信哉師父的事知道的並不多。」

「不過，您至少知道他們兩人目前的狀態吧？也就是說，是不是還維持婚約？是不是還彼此相愛？」

三毛姐姐緩緩地點了頭，嘴脣緊抿。

「這個問題不好答。可以肯定的是，他們兩人至今依然相愛。」

稻垣信哉先生並不是一開始就是修行人。他是花乃子姐姐的高中學長，大她三歲，所以是畢業後她才入學的。不過，他們那個時候已經在交往了。

「聽說當時稱得上是郎才女貌的一對。妳也這麼認為吧？」

「對。」

我想像著他們並肩而立的模樣，真是一雙璧人。

「據說雙方父母那時就認定了女婿和媳婦。」

他們很自然地到彼此的家裡吃飯聊天。花乃子姐姐決定繼承韮山花坊的家業，而信哉師父上大學就讀的是農學院，畢業後也將朝那個領域繼續深造，因此雙方在事業上也可謂相輔相成。或許在兩人的攜手協力之下，能夠擴展韮山花坊的企業版圖。

他們甚至談好了，等信哉師父大學一畢業就結婚。

不料……。

「出了那場車禍。花乃子的父母去參加朋友婚禮的途中，發生了憾事。」

恰巧，真的只是恰巧，那一天信哉師父開著車子到韮山家玩，於是自告奮勇護送花乃子的父母去鄰鎮參加婚禮。

結果，遇上了車禍。

「單是想像後續的過程，我的胸口就一陣揪痛。」

信哉師父劫後餘生，身受重傷，在醫院住了好幾個月。

然後……。

「信哉師父出院後決定去親戚擔任住持的觀櫻寺修行，為伯父伯母祈求冥福，直到得到原諒。」

「直到得到原諒？」

三毛姐姐緩緩地點了頭。

「誰也沒有責怪信哉師父，肇事責任不在他身上。可是，畢竟是他讓深愛的花乃子的父母親離開了人世，這個無比沉重的事實就此橫亙於兩人之間。而小柾和小柊兩個弟弟同樣無法和以往一樣對待這位原本非常敬愛的姐夫了。因此，他決心留在寺院裡修行，直到心結化解，直到得到原諒。」說到這裡，三毛姐姐嘆了一聲。「然而，誰也不知道所謂的得到原諒，指的是他原諒自己，還是花乃子原諒他，大概連他們本人也不知道吧。於是，十年來，這兩個人始終在一個找不到出口的迷宮裡不停地兜來繞去。」

一時語塞。

我完全無法想像他們之間的情感是多麼複雜。唯一明白的是，那是痛苦不堪、撕心裂肺的心境。

「芽依，不過呢……」

「嗯？」

「我認為周圍的人不需要為他們想太多。這終究是他們必須親自面對的課題，而兩人到現在依然相知相惜也是不爭的事實，況且也不至於斷絕聯絡了。」

「是哦？」

「是呀。」三毛姐姐微微一笑。「雖然沒有見面，但似乎每個月會通一次電話關心彼此的近況。我想，一切就等日後的某個契機了。」

「就是這個！」

「什麼？」

三毛姐姐瞪大了眼睛

「製造契機！請信哉師父幫忙新島佐代子小姐和瀧川先生製造契機！而這也是為了……」

信哉師父和花乃子姐姐的未來。

我拜託三毛姐姐陪我去一趟觀櫻寺，向信哉師父說明事情的來龍去脈。當然，這件事同樣要瞞著花乃子姐姐進行。我請教信哉師父是否認識新島佐代子小姐和瀧川先生，果然得到了肯定的答案。

「新島家是本寺的施主，我常去府上誦經。」

三毛姐姐吃了一驚。

「芽依，妳知道這件事？」

「不知道。」

只是猜測而已。因為送花到新島家時，聞到了線香的氣味，還聽見新島小姐的母親收下花時咕噥了句「佛堂那邊也供上一束吧」。

「所以，隱隱約約覺得……」

或許這些人互相認識。

況且……。

「信哉師父。」

「請說。」

「菩提樹，就是佛陀的那棵樹吧？」

聽我這麼問，信哉師父讚許地笑了。

「是的。」

我從信哉師父口中得到了證實。佐代子小姐家的佛堂擺著先夫楢崎郁夫先生的遺照，每逢忌日便請來師父誦經，而瀧川先生也會到場參與。其實祭拜儀式原本應該在郁夫先生家舉行，經過兩家商量之後，決定按照這樣的方式進行。

於是，我擬定作戰計畫，將於那天一同前往新島家。

到了那一天。

我搭上信哉師父駕駛的車子，和他一起拜訪了新島家。其實還是白天的上班時間，但我向花乃子姐姐謊稱要去查一些高中同等學力考試的資料，請了幾小時的假。對不起。

信哉師父帶著我到了新島家。我向大家問了好。

「這一位是花開小路商店街上那家韮山花坊的小姐。」

「噢，我記得呢。」

佐代子小姐的母親說，佐代子小姐也給了我親切的笑容。瀧川先生同樣笑著朝我點點頭，我猜他應該記得我的長相吧。

「我叫井筒芽依。感謝大家惠顧本店。」

「上回見面就想著小姑娘長得真可愛呀！」

「您過獎了。」

心裡明白新島奶奶只是客套話，聽著還是很開心。信哉師父輕柔地按了一下我的頭頂。

「前來府上的途中恰巧遇到這女孩出來送貨，送的就是菩提樹的樹苗。」

是的，我手上捧著樹苗。對不起，這是謊話。韮山花坊其實並沒有販賣樹苗。

「我們聊了一下，她還記得瀧川先生曾在韮山花坊買花送給佐代子小姐。我心想，這是難得的緣分。

新島太太，請恕我冒昧。」

「師父請說。」

「希望您能諒解，寺院師父擅管施主家的閒事乃是天職。」

新島奶奶愣了一下。

「佐代子小姐的夫君、真菜小妹妹的父親，也就是楢崎郁夫先生過世已有五年了。」

新島奶奶點了頭

「是哪，日子過得真快。」

「我來府上為故人誦經，也有一段相當的日子了。早前是每逢月忌日便會前來。」

「師父說得是。」

新島奶奶納悶著信哉師父這些話的用意。

「這株菩提樹的樹苗，是否方便在府上的院子裡種下呢？」

「種樹？」

「菩提樹？」

「是的。」

信哉師父和藹地笑著。怎麼覺得寺院的師父笑起來都是一模模一樣樣的呢？之前來家裡誦經的師父笑起來也是這個模樣。

信哉師父雙手合掌。

「手掌與手掌合在一起，就是和合相扶，美滿幸福④。緊緊握住彼此的手，才能得到幸福。佐代子小姐。」

「您請說。」

「還有，瀧川先生。」

「請說。」

信哉師父慢慢端詳兩人的臉孔，和藹一笑。

「這五年來，我一直看著兩位一路走來。身為寺院師父，本該避免干預他人的人生大事；然而，佛道即是善道，善道即是愛道，祈願諸位擁有愛情洋溢的人生，亦是佛祖的訓示。二位何不掙脫過去的枷鎖，組成兩人……不，包含真菜小妹妹在內的三人家庭，邁向幸福的人生之路呢？」

「師父，您這是……」

原本跪坐著的瀧川先生驚訝得支起一腿，面露詫異的佐代子小姐旋即轉為臉紅。

「……您的意思是……」

瀧川先生欲言又止。信哉師父溫柔地笑著，朝他們揚起右手掌。

「兩位心裡應該很清楚，彼此之間始終有著郁夫先生的存在，而這個存在就像是一道陰影。不過，瀧川先生，佐代子小姐。」

「是。」

佐代子小姐神情凝肅地直視著信哉師父。

「我們這些修行人會把故人稱為陰影嗎？當然不會。離世之人不再對塵世依依不捨，而會在極樂世界守護著家人，盼望他們得到幸福。假如佐代子小姐始終抓住郁夫先生的影子不放，反倒會讓他心有罣礙，無法安心升天而去。瀧川先生，這段話同樣是講給您聽的。」

瀧川先生緩慢地跪坐下來。

「話雖如此……新島太太。」

「師父請說。」

---

④手掌相合，掌紋相疊，就叫做幸福，掌紋相疊是幸福的近似諧音。

「的確，這兩位實在無法不將郁夫先生牢牢記在心裡。既然如此，不如將這份思念託付給這株菩提樹，種在這片院子裡，不知您意下如何？」

新島奶奶眨了眨眼睛。

「在院子裡種菩提樹嗎？」

「是的，請佐代子小姐和瀧川先生二位將心中對郁夫先生的無盡思念，全部灌注、轉移到這株菩提樹上。如同諸位所知，釋迦牟尼佛正是在菩提樹下證悟成道的，可說是吉祥聖木。各位的思念、懊悔甚至所有的一切，都可以寄託在這棵樹上，看著一天天茁壯的它用那繁茂的枝葉遮蔽烈日、擋住冷雨，守護您們一家三口的幸福生活。」說到這裡，信哉師父深深吸了一口氣，再慢慢吐了出來，露出和藹的笑容。「我想，當這棵菩提樹開出滿滿的花朵時，二位的心情已能得到昇華，結為連理，成為家人，在這菩提樹下永永遠遠攜手邁向人生。您們認為呢？」

信哉師父坐在駕駛座上。

他吁了氣，望向坐在旁邊的我。

「芽依，妳覺得如何？我做得好嗎？」

我用力點了頭。

「太棒了！他們兩人一定、一定會幸福的！」

「那就好。」

信哉師父笑了起來。這個笑容和剛才師父身分時的笑容不一樣。

我覺得，這不是寺院師父的笑容，而是稻垣信哉先生的笑容。

並且，這應該就是他和花乃子姐姐在一起時的笑容。

「芽依。」

「有！」

「謝謝。」

信哉師父低頭致謝。

「哎喲，應該道謝的人是我才對呀！」

「不。」他朝我揚起右手掌。「該道謝的人是我。好久了，真的已經好久不曾像今天這樣，一心一意只想著要幫花乃子的忙。謝謝妳讓我想起了自己，想起了稻垣信哉。」

信哉師父說，真的很高興能夠重溫這樣的時光。

「可是，他在半路放妳下車以後，就直接開回寺院了吧？」

三毛姐姐問我。

「對，我再三提醒，這件事絕對不可以讓花乃子姐姐知道喔。」

「嗯。」

三毛姐姐歪著頭想了想。

「這樣也好。花乃子那邊交給我處理吧。我編個適當的理由，說是那兩位進展順利，讓她別擔心了。」

「沒問題吧？會不會被發現我雞婆呀？」

三毛姐姐搖搖頭，溫柔地笑著。

「放心吧。何況妳一點都不雞婆，而是做了一件天大的好事，謝謝妳喔！還有……」

三毛姐姐望向窗子，起身推開。夜風輕拂入屋，遠方的夜空月兒高掛。

月兒的底下有著觀櫻寺，信哉師父正在那裡修行。

直到得到花乃子姐姐的原諒……噢不，是直到他原諒自己的那一天。我其實不太懂是什麼意思。

「他們兩個的事或許同樣還要花上一些時間。至少信哉師父的心中已經開始萌芽——萌生出某種契機。」

五　石竹×薔薇

「對了，芽依。」

「有！」

六月一到，花乃子姐姐馬上提醒我。

六月十八號，我的生日。花乃子姐姐說他們很想幫我大肆慶祝，可是還是覺得我應該回家和爸媽一起過生日比較好，留在家裡多住幾天也沒關係。

那就恭敬不如從命嘍。

我之前任性地輟學還說要去韮山花坊，並且真的來到了這裡工作，那並不是因為討厭父母親。我真的很愛爸媽。

不過，我實在沒想到自己竟然這麼獨立，即使和爸媽分隔兩地也絲毫不覺得寂寞。

媽媽笑著叮嚀我，千萬別讓妳爸知道妳不想他喔。這種事當然不會讓爸知道的。我捧著花乃子姐姐讓我帶著的鮮花回到家裡，和闊別已久的爸媽說說聊聊，在自己的房間裡摸東摸西。可是……

總覺得哪裡很不對勁。

剎那間，我清清楚楚地領悟到自己已經離開這個家了。能夠讓我舒心愜意的那個房間在韮山花坊，那裡才是我真正的安樂窩。

（我好像長大了一點喔……）

自己畢竟無法做出精準的自我評估。但可以確定的是，我內心有個聲音告訴自己，比起留在家裡休息，我更渴望盡快回到韮山花坊做事。

所以，雖然對開口希望我在家裡待久一點的爸爸感到抱歉，我依舊在生日的隔天就回來了。

是的，我回來了。

回到花開小路商店街的韮山花坊。

光顧花坊的客人仍以女性居多，男性大約只占一兩成，而且絕大多數都是住在花開小路商店街上的常客。

至於女性顧客的年齡層則相當廣泛。我最近開始會針對營業相關項目進行各個面向的思考。因為我學到了做生意的基礎就是必須先了解不同年齡層的人各自喜歡的東西。

花開小路商店街上的居民買花時大都選擇這家花坊，也有不少商家讓我們天天都送鮮花過去。譬如La Française就是如此，此外還有赤坂食堂、寶飯中菜館、佐東藥局、玉光眼鏡行以及萬屋西服店。

不一定都是高價的花，有些店家只單買一朵插在小花瓶裡，所以金額僅僅百圓之譜，但每一位都同樣是我們尊貴的顧客。大家都說，店裡的鮮花讓人心情愉快。這些客戶多數由我負責配送。

也因為這個緣故，我從大家身上學到了許多做生意的竅門。例如每一回送花去寶飯中菜館，光枝老闆娘總會給我一枚「五圓」銅板。

這麼做的寓意自然是「有緣」。起初我不知道這項習俗，婉拒著說不用了，結果老闆娘堅持讓我自己收下留著以後用。她說，可以把銅板存起來，日後有機會轉送給其他人，這樣就可以和那個人結緣了。五圓結緣，我從來不曉得竟有這種從很久以前流傳下來的習俗。

老闆娘告訴我，生意人相當看重「人與人之間的緣分」，若是沒把這事放在眼裡，這種人的生意遲早要完蛋。

我仔細保管著這些五圓銅板，甚至特地到島津綢布莊買了一個小小的口金包來收藏它們。要我現在送給別人還有些難為情，不知道該在什麼時機使用才好。希望有朝一日能夠把一枚銅板轉送給另一個人，並且說聲「盼能與您結緣」。

如果我還在原來的高中上學，現在就放暑假了。

我最喜歡花開小路商店街，尤其是二丁目那段路的拱廊。原因當然是那邊多多少少可以遮蔽直射下來的陽光嘛。四丁目那邊可就沒有拱廊了。

韮山花坊位於二丁目與三丁目交界的轉角處，所以店鋪的側面緊鄰著沒有拱頂覆蓋的馬路，陽光毫不留情地徑直照射。這對花草來說當然是好事，而且在開設花坊前就考慮到這一點了。

花花草草不可或缺的生命泉源。

陽光和水。

「芽依，這些要素同樣適用在人類身上喔。人就該在太陽底下揮灑汗水，然後補充水分，這樣才有益健康。」

某一天，小柊哥哥這樣對我說。

我嚇了一大跳，眼睛瞪得大大的。

雖然覺得堪稱宅男中的宅男的小柊哥哥似乎沒資格說出這番話，不過他講得有憑有據，儘管心裡納悶我也只好點點頭了。小柊哥哥該不會是吃錯藥了吧？

後來我把這件事告訴了小柾哥哥，他也猛力點頭。

「沒錯，那小子最近怪怪的。」

「哪裡怪怪的呢？」

「先提醒妳聽了別嚇到喔。我前陣子從名取皮鞋店的弘樹兄那裡聽來的。」

小柾哥哥說著，臉上露出了我從沒見過的極度疑惑的表情。

「聽到什麼了？」

「小柊他啊，買了一雙跑鞋，而且是最新的機能款！」

「什麼！」

小柊哥哥買了跑鞋？一般的運動鞋他當然有，出門時也常穿，可是這回買的不是那一種，而是真正有心跑步的人才會買的款式。

「我知道有些人會買那種款式平時穿，可是那小子不會做那種事吧？」

「應該不會。」

小柊哥哥喜歡的穿衣風格較為中性，而且是快要踩到幾乎是女裝的紅線了。他甚至會接收花乃子姐姐不穿了的大衣和帽T，問題是穿起來還特別合適。

小柾哥哥的時尚講究豪邁，甚至有點接近粗獷系了。他喜歡皮夾克，還在三丁目的白銀皮革店量身訂製了一件獨家設計款。反正兩個人都是型男，穿什麼都好看。媽媽說過，俊男美女就是比別人贏在起跑點上，我覺得很有道理。雖然不甘心，也只好接受事實了，誰讓兩個哥哥的五官都比我這個女孩子還要精緻深邃呢。

話題跑遠了。

「會不會是想健身呢？」

小柾哥哥悶哼一聲，想了想。

「要真是那樣，倒是件好事。」

是呀，總不是壞事嘛。

「假如是那樣，好想知道理由哦。為什麼小柊哥哥會突然動了健身的念頭呢？」

「這個嘛……」小柾哥哥臉上浮現了不懷好意的笑容。「該不會是跟女人有關吧？」

「女人！」

「芽依，記住我這句話：男人要是突然奮發圖強，有八成的動機是為了女人而做的。」

是哦？真的哦？

「剩下的兩成呢？」

「一成是為了錢。」

男人是那麼單純的生物哦？

「還有一成呢？」

才問完，小柾哥哥咧嘴一笑。

「不能講。」

啊——哪有這樣的啦！

「等到芽依明白的那一天，就可以談一場大人的戀愛嘍。」

「談戀愛……！」

小柾和小柊哥哥是二十五歲。小柾哥哥好像女朋友滿多的，手機常接到女生打來的電話，花坊打烊以後也經常和朋友去喝兩杯，我甚至好幾回半夜在廚房撞見剛進門的他身上還帶著好聞的香水味。

我把這情形告訴花乃子姐姐，她皺起眉頭生氣了。

「我提醒過這孩子好幾次了家裡有芽依在呀！」

「啊，我沒關係啦。」

花乃子姐姐，我已經不是小女孩了嘛。雖說沒上學了，畢竟仍是令人聞風喪膽的女高中生，在此容小妹掉個書袋，對於「床笫之事」的紙上知識倒是懂得挺多的。就算目睹小柾哥哥帶著一臉吻痕回到家裡，頂多心跳快上幾拍，在生活上不會造成任何不便，也不會翻來覆去睡不著覺。

再加上一個例證。小柾和小柊哥哥洗完澡裸著上半身在家裡到處晃的景象，我已經視若無睹了。開頭那陣子還瞧得有些臉紅，後來見慣了以後就自動開啟「眼前這位是血脈相連的表哥」的免疫模式，不再大驚小怪了。

「可是……」

我心中有好多話想問，打算利用這段愉快的談天時光，用稀鬆平常的口吻稍微深入探究。

「假如小柾和小柊哥哥都有女朋友了，以他們的年紀，應該會考慮結婚了吧。」

「是呀，都二十五了嘛。」花乃子姐姐緩緩點頭。「單就年齡來看或許還早了點，但是他們都從高中畢業後就開始工作，算起來已經七年了，差不多是時候可以討老婆了。」

「結婚以後就沒辦法住在家裡了吧，屋子太小了。」

「哎！」花乃子姐姐笑了。「用不著擔心那些，等到那兩個孩子要結婚的時候我會把他們攆出去的，芽依儘管安安心心地在這裡住到當新娘子的那一天。」

啊，歪樓了……。我原本的盤算是不著痕跡地問出花乃子姐姐自己的事，沒想到她築起的防火牆簡直是一堵銅牆鐵壁。也可能是她強迫自己不再去想那件事了。

「小柾哥哥倒是無所謂，小柊哥哥很讓人擔心耶。」

「說得也是。」花乃子姐姐輕嘆一聲。「那孩子……唉，我常想，兄弟倆怎會那麼不一樣呢？」

我之前聽名取皮鞋店的弘樹哥哥說過。

自從父母雙亡之後，花乃子姐姐就姐代母職，一肩挑起養育當時仍是中學生的小柾和小柊哥哥的責任。從幫他們做餐盒到出席學校活動，還有好多好多數不完的事情都是她一個人扛下來的。

所以，或許花乃子姐姐認為，在兩個弟弟都足以獨當一面之前，自己還不能出嫁。

住在一起之後，我深深體會到也許就是這個原因。因為花乃子姐姐真的像個媽媽一樣無微不至地照顧著小柾和小柊哥哥。我最近甚至差點忍不住吼他們一頓：自己的事情自己做！

我也時時自我警惕——自己的事要自己做。

從我住進韮山家以後，花乃子姐姐就自認為是我的監護人。我媽媽偶爾傳訊息或打電話來，每次總會提醒我不可以讓花乃子姐姐操心，她責任感很強，千萬別給人家添麻煩。

我得更加努力才行。

海斗放暑假的這段期間，我們約好了上午的一個小時和傍晚吃飯前的兩個小時左右一起讀書。

當然了，我準備的是高中同等學力資格考試。

絕頂聰明的海斗預計報考排名相當前面的國立大學，所以從現在就開始準備了。我擔心這樣會不會擾亂他的讀書計畫，可是他說教我功課有助於釐清自己的觀念。他的父母親——二宮康敏伯伯與二宮江見伯母也都贊同我們一起用功。

我聽他媽媽和美海姐姐說過，海斗心地非常善良，只是因為太聰明了，有些舉止和同齡人不太一樣，以致於在班上顯得有些孤僻。所以兩家的大人們希望藉由和我一起讀書，或許可以幫助海斗變得比較合群。

他並沒有遭到霸凌，只是同學不太曉得該怎麼和他相處。霸凌行為在他身上是不會發生任何作用的。認識以後我們常常聊天，我也從花開小路商店街的人們那裡聽到了關於海斗的事蹟，他真的擁有一顆強大無比的鋼鐵心。

泰山崩於前而色不變。

那件事發生時我還沒來到這裡。去年，海斗上高一的某個冬夜，有個男人持刀闖入了餐館。我當時也在電視新聞看到了這則報導。行凶的男人是在這個小鎮的火車站前突然拿刀砍了路人之後逃離現場，跑了一段路後居然闖進了某一家店——是的，正是La Française。

那時候店裡還有兩桌客人，在外場幫忙的海斗手裡端著一個不銹鋼托盤。沒錯，就是用來裝運餐具的那個大盤子，英文好像是tray。沒想到門一開竟有個男人衝了進來，大家還以為是顧客上門了，抬頭一看，赫然發現那個男人握著刀子朝眼前的海斗捅了過去。

海斗連眼睛都不眨一下，順手翻轉托盤，將盤底對準男人用力一擋，哐的一聲，男人手中的刀子應聲掉落在地。

男人見狀趕緊飛奔出去，逃之夭夭了。

還在用餐的客人以及從廚房目睹的美海姐姐與二宮伯伯還來不及消化這一幕，一個個眼睛瞪得又圓又大。只見海斗不慌不忙地拿抹桌子的布巾輕輕捻起掉在地上的刀子移到托盤上，接著開口說：「應該打個電話報警吧？」

好膽識！實在令人佩服。換成是成年人親身經歷那種場面，想必兩條腿直哆嗦呢。警察詢問案件的經過時，海斗只回答：「沒什麼，我只是覺得那樣好危險喔，所以隨手擋一下而已。」據說他真的只講了這樣而已。

我後來問過海斗這件事，他沒好氣地笑了笑，「沒什麼大不了的，很平常啊」。不不不，那種緊急狀況一點都不平常好吧。

韮山花坊今天的配送訂單不多，小柾和小柊哥哥一直待在店裡，而且La Française的預約客人也很少，所以我們兩個從下午四點左右開始讀書，在餐館後方的海斗家二樓的海斗房間。

雖說海斗為人正直，畢竟兩個高中男女長時間單獨待在房間裡還是有些不妥，所以海斗的爸媽似乎吩咐過他房門不許關上。其實我們目前真的沒有絲毫曖昧，而且海斗看起來很像是草食男。

「我問你喔……」

中場休息的時候，我問了他。

「幹嘛？」

「我家小柊哥哥他……」

「小柊哥怎麼了？」

海斗歪著頭反問。

「他前陣子好像在名取皮鞋店買了一雙跑鞋喔。」

「買了跑鞋……」

「小柾哥哥和我都很訝異，然後小柾哥哥還說了，像那樣突然起心動念多半是為了女人……想問問美海姐姐這邊有沒有什麼不尋常的情況呢？」

之前聽說了美海姐姐喜歡上小柊哥哥。他們從小就是在這條花開小路長大的孩子，但是相差四歲，所以小時候大概沒什麼機會玩在一塊。

海斗瞇起了眼睛思索。

「該不會是因為那件事吧……不會吧，應該不可能。」

「那件事是什麼？」

「嗯……」海斗點點頭。「我姐姐最近好像被人跟蹤了。」

「被人跟蹤！」

太可怕了。

「被誰跟蹤？」

「要能知道是誰就好辦了，而且目前還沒有百分之百確定遭到跟蹤了。」

美海姐姐是在自家餐館工作，所以從早到晚都待在店裡，有時在外場，有時進廚房幫忙備料，也常出門採買。餐館裡用到的蔬菜全部都由美海姐姐親自到市場挑回最新鮮的上等貨。

「花開小路上雖然有『平蔬果』，但是我們店裡需要的蔬菜種類很多是那裡沒進貨的。」

「原來如此。」

美海姐姐去買菜回來的路上，好幾次都覺得後面有人跟蹤她。有一回海斗陪她一起去，發現了一個行跡詭異的男人，立刻追了上去……。

「結果被他溜了。真丟臉。」

海斗說。是的，海斗雖然擁有一顆鋼鐵心，可惜沒有壯碩的體魄，毫無體力可言。

「小柊哥哥是不是聽說了這件事呢？為了嚇阻那個跟蹤者，所以才下定決心鍛鍊身體。」

「這個嘛……」海斗想了想。「我不知道小柊哥知不知道這件事，而且我姐只是單相思，應該沒向小柊哥告白。」

「可是，美海姐姐眼睛裡滿滿的都是愛心耶！」

連我都看出來了，花乃子姐姐和小柾哥哥總不可能沒察覺，而小柊哥哥也不至於那麼遲鈍。

「真的不知道耶。就算去問老姐，她也不可能跟我講。」

他們姐弟倆雖然要好，但是美海姐姐對自己的感情世界始終絕口不提。

「別看我姐在店裡可以和客人說說笑笑的，她其實非常內向。」

海斗的話好像沒錯。我每回見到美海姐姐都是在餐館裡，看起來個性很開朗，一點都不覺得內向。

可是花乃子姐姐也說過，美海從小就怕生，父母也為此很煩惱。

「我問妳喔……」

海斗稍微壓低了聲音，可能是怕說話聲從敞開的門口傳到樓下去了。

「怎樣？」

隔著桌子的我稍微探出了身子。

「妳能不能幫忙確認一下小柊哥的心意啊？」

海斗直視著我的眼睛，非常認真的眼神。

「我姐她可能顧慮到兩邊一直都在這條商店街上工作，萬一告白被拒絕了……」

「彼此會很尷尬，對吧？」

這層顧慮也不是沒道理。

說起告白被拒絕的經歷，名取皮鞋店的弘樹哥哥和花乃子姐姐就是前車之鑑。他們是同學，交情也不錯，幸好雙方都是成年人了，很多事都能淡然處之了。

但是萬一同樣的情況發生在個性內向的美海姐姐，以及宅男性格連和外人交談都沒辦法的小柊哥哥身上……。

光是想像都讓人眼前一陣發黑。海斗同樣意識到事態的嚴重性，連眉頭都皺了起來。

「我雖然同樣是男生，可是年紀比小柊哥小了一截，總不好直接去問他心裡是怎麼想的。」

說得也是。

「難度有點高，讓我想一想該怎麼做。我可以找花乃子姐姐商量嗎？」

「當然可以呀！找花乃子姐商量更好！」

「更好？」

「對啊！」海斗用力點頭。「這一點也不可以講出去……」他小聲地說，「花乃子姐好像有一種神奇的力量喔。」

嚇我一跳。我還以為海斗也曉得花乃子姐姐瞳孔的太陽花那件事，幸好只是虛驚一場。他只是每次見到花乃子姐姐時，總覺得她身上似乎有一股神祕的氣息。

有可能是海斗的第六感特別強，或是感受性十分豐富，可以感覺到花乃子姐姐使用的花語魔法。

我們在一起用功的這一天還滿閒的，可是太閒就等於生意清淡。鮮花是活著的，有些切花如果當天沒賣掉品相就變差了。雖然不至於到凋萎的程度，總之商品價值大打折扣。

這時候，我們會大幅降價。與其丟棄或擺在家裡，還不如廉價拋售來得好。

「芽依，去當賣花姑娘好嗎？」

「好！現在就去！」

賣花姑娘。也就是帶著那些明天已經不能賣、但還可以再欣賞兩三天盛開模樣的切花，在花開小路上兜售。依照花卉的種類，分別標價十圓或二十圓不等。沒有附上任何包裝，就這樣將花直接遞給顧客。我把這樣的切花統統裝進一個大布袋裡，到商店街上的店家挨戶推銷。我現在只要往店裡探頭打聲招呼「您好──」，大家都曉得我是來推銷花的，各家老闆娘常嚷嚷著「哇，真漂亮」並且買下。在「魚政鮮魚鋪」和「平蔬果」還經常進行以物易物呢。比方平蔬果的老闆娘會說：「我用這條紅蘿蔔和妳交換！」

偶爾會遇到走在商店街上的陌生顧客跟我買花。這時我會趁機打廣告，告知花坊就在附近，歡迎有空去逛逛，而對方也會說下回經過會去看看。

我很喜歡這份工作。嚴格來說，像這樣廉售的切花在韮山花坊的帳面上是虧損，但是多了這道功夫，赤字就不再只是毫無意義的虧損了。

到了晚上，吃完飯洗過澡，大家在各自的房間裡休息時——噢，小柾哥哥出門和朋友喝酒了——我敲了花乃子姐姐的房門。

「請進——」

花乃子姐姐的房間聞起來好香。那是房裡擺著滿滿的乾燥花，日積月累滲入裝潢的花草精油香。我的房間也有乾燥花，但日子不長，還沒辦法釀出那麼濃郁的香氣。

我在房中央一張小桌子前一屁股坐下。

「花乃子姐姐，我有話想說。」

「請說請說。」

花乃子姐姐也笑咪咪地坐了下來。

「是關於小柊哥哥的事想和姐姐商量。」

「小柊？」

我一五一十地轉述了跑鞋的事，還有和海斗聊過的內容。花乃子姐姐雙手環胸，沉吟了片刻。

「這樣哦。其實，我也注意到那雙跑鞋了。」

「有發現美海姐姐喜歡小柊哥哥嗎？」

「那還用說！」花乃子姐姐笑得很開心。「當然發現了。美海真像石竹。」

「石竹？」

「花語是『思慕』和『唯一的愛』那是因為石竹花只能透過蝴蝶授粉，其他的昆蟲都不喜歡靠近它。換句話說，這種花只能痴痴地等著蝴蝶飛來。這花語很貼切吧？」

嗯，的確挺貼切的。

「不過，那是他們兩人之間的問題，即使是姐姐，也不方便開口干涉弟弟和誰交往吧？」

「是不太方便。」

想想也是。

「但是，假如真的和那個跟蹤事件有關，身為姐姐當然擔心弟弟的安危，稍微從旁幫個忙應該沒關係吧？」

我點了頭。

「我跟三毛提一下，請她幫忙查一查跟蹤事件。」

「三毛姐姐不會有危險吧？」

「別擔心。」花乃子姐姐笑了。「以三毛的身手，應付五個彪形大漢還不成問題。」

太強了！三毛姐姐連格鬥術都會呀。

花乃子姐姐隨即給三毛姐姐撥了電話說現在就過去她家。姐姐問我要不要一起去，我覺得她們單獨聊比較方便，也就沒跟去了。這件事就交給兩位姐姐全權處理了。

我回房複習和海斗一起做過的參考書，再傳訊和媽媽聊了一下，還看了一直很想看的漫畫，不知不覺就到晚上十一點了。心裡正嘀咕著花乃子姐姐怎麼還沒回來，會不會是聊得太開心忘了時間了？就在此時，外面傳來了一陣喧鬧。

是女人大聲說笑聲。喝醉了？花開小路上有時候會經過幾個喝醉叫囂的酒客。尤其在拱廊裡面，回音更是響亮。

可是，怎麼覺得其中好像摻夾著一個耳熟的男人聲音？

小柾哥哥？正想著，傳來花坊的鐵捲門被拉開的聲響，女人的聲音也進來了，而且不只有一個，而是好幾個又笑又鬧的女人。然後是店門被打開的聲響。

小柊哥哥走出房間下了樓。我也跟著下去。

店裡的照明是亮著的。

「來來來，歡迎歡迎——喔，這個沒關係，帶走帶走！」

「哇，真的可以送我嗎？」

「可以可以！反正是要報銷的。」

是小柾哥哥醉了的聲音。

「嘿，小柊！妳們看，這是我弟弟小柊！」

頓時尖叫聲四起——「一模一樣耶——！」「好像喔——！」同樣是醉了的女人聲音。

我還不會喝酒，更沒有醉過，自然不清楚那到底是什麼樣的狀態；但可以肯定的是，我不喜歡看到喝醉的人。

「小柊！這個包起來！統統送給大家當禮物！」

小柾哥哥拿出一個小盆栽往前一推。那的確是之前盤點時撤下來的盆栽。一臉僵硬的小柊哥哥被那群醉醺醺的女人團團圍住，好可憐。我覺得自己如果這時出面，恐怕又會引起另一波更大的騷動，只好作罷。

「韮山花坊往後還請各位多多關照喔！隨時來我都在，還有這個弟弟也在店裡喔！」

小柾哥哥朝著小柊哥哥的背上一連拍了好幾掌。

結果足足鬧了十幾分鐘，還送出了花草盆栽給這六個女人。幸好全都是些沒辦法賣的次級品，看來小柾哥哥雖然喝得爛醉，這一點倒是毫不含糊。

小柊哥哥和我協力把醉得快睡著的小柾哥哥扶回房裡的床上，幫他脫掉外衣，蓋上棉被。

小柾哥哥酒量好，睡一覺明天醒來想必又是生龍活虎，但是身上那股討厭的酒氣可沒散得那麼快，臭死了。

小柊哥哥從頭到尾沒有一句抱怨。

不管是在包裝要送給那些女人的花草的時候，還是被捲進那場混亂的時候，又或者是把小柾哥哥扶回房間的時候。

他只無奈地笑著對我說了句，「不好意思，很吵吧？」

又過了三十分鐘左右，花乃子姐姐依然沒回來。

我聽到小柊哥哥從二樓的房間走上三樓的聲響。他進去溫室了。

三樓的溫室屋頂有一部分是玻璃天窗。

這裡白天陽光充足，夜裡可以看到星星。由於位在鎮上，沒辦法看到滿天繁星，但是姐姐哥哥說遇到流星雨的日子躺在這裡的角度非常適合，讓我很期待下一場流星雨的到來。

小柊哥哥為什麼這麼晚了要進溫室呢？大半夜的總不會是去澆花的，而且今晚也沒有流星雨可看。

我有點擔心，於是離開房間。走廊底就是溫室。

「小柊哥哥？」

我輕輕推開門，問了一聲。

溫室裡沒開燈，但是灑入的月光仍是照亮了每個角落。

躺在地上的小柊哥哥聽到我的聲音，有些吃驚地抬頭望過來。

「芽依？怎麼了嗎？」

我走進溫室。小柊哥哥撐起身子盤腿而坐。我也在他旁邊的凳子坐了下來。這張矮凳是小柾和小柊哥哥親手做的，坐在上面修剪整理擺在地面的盆栽，高度剛剛好。

「哥哥……還好吧？」

我淘氣地吐了吐舌頭。以我現在的年紀應該還可以做這種俏皮的動作。小柊哥哥被我逗笑了。

「還好啊，為什麼這麼問？」

「只是覺得剛才的狀況，可能不太舒服。」

小柊哥哥露出苦笑。「喔……我沒事的。」說完，他看著我。「別生小柾的氣，偶爾會有這種情形。」

「真的嗎？」

自從我來這裡以後還是頭一次遇到。

「只是偶爾。尤其是次級品比較多的時候，他會去參加聯誼，邀女生來店裡。」

咦？

「這麼說，小柾哥哥並不是喝得醉醺醺的，想要炫耀自家的花坊，所以才帶女生來嗎？」

「對，不是為了炫耀。」小柊哥哥點點頭。「而是為了增加顧客。」

為了增加顧客……。

「花坊的顧客有九成都是女性吧？即使說花坊做的是女人生意也不為過。尤其像我們這樣的小花坊，非得想辦法盡量增加當地的忠實顧客，否則在經營上相當吃力。」小柊哥哥說到這裡，露出微笑。「芽依，妳以為自己從沒見過和小柾交際的那些女生朋友，今天是第一次看到吧？」

「嗯。」

我從沒看過任何一個女生，也不曾碰見小柾哥哥在約會。

「實際上，常來店裡光顧的年輕女客人，多數是和小柾交際過的女生喔。妳其實每一天都會見到那些女生。」

真的假的！

「當然，我所謂的交際不是指那種奇怪的意思，或許曾和少數幾個有過比較深入的往來，但大多數只是喝喝咖啡、參加聯誼之類的泛泛之交而已。有的女生甚至和小柾結為好友，找他商量情感上的煩惱。

那些女生自然而然產生『買花就找韮山柾』的想法，成為我們的顧客。這就是他的商業頭腦。」

原來。

原來如此。

「這麼說，剛才小柾哥哥並不是因為喝醉了才把那麼多花送給了她們？」

小柊哥哥點了頭。

「那是為了開拓新客源。女生收到花會很開心吧？而且剛才送出去的花都是在外觀上沒有太大問題，只是不適合當成商品販賣而已，對吧？小柾邀她們聚餐結束後到店裡來，說是可以『大放送』。只要其中一個女生能夠變成常客，就能提升營業額了。」

原來是這麼回事。

難怪總覺得來買花的女性顧客怎麼有那麼多人看起來和小柾哥哥特別熟。

「小柾哥哥好厲害喔！」

「真的很厲害。」小柊哥哥用力點了頭。「他表面上像個吊兒郎當的花花公子，實際上和每一個女性相處都是誠懇以對，沒有絲毫虛偽欺騙。他能夠在絕不損及商譽的前提下和女生吃喝玩樂，實在很厲害。這是他守護韮山花坊的方式。」

往後大概會對小柾哥哥另眼相看了。噢，我當然知道他在工作上向來非常認真。

小柊哥哥嘆了氣。

「這是為了報答我姐的恩情。」

「什麼意思？」

小柊哥哥臉上的笑容有幾分悲涼。

「失去父母以後，是姐姐把我們帶大的。那時她自己也還不到二十歲，可是從那一天起，她就當起了媽媽，把我和小枉拉拔長大。所以小枉才會像這樣發揮自己的長處來報答恩情。」

報答恩情……。

「當然了，這本來就是自家的生意，而我們也都喜歡這家花坊，一點都不覺得苦，只是心裡對姐姐感到虧欠。可是……」小柊哥哥再次嘆了一口長氣。「我沒辦法像他那樣增加營業額，頂多只能做做花籃來節省一些經費而已。」

「不是『頂多』！」我強調了那個詞。「那也是很重要的工作。花乃子姐姐也對我說過，最重要的是，每個人善盡本分，大家同心協力一起經營這家店。小柊哥哥用不著覺得自卑嘛。」

我看著小柊哥哥。在月光下的小柊哥哥，只能以俊美二字來形容。

「我知道。」小柊哥哥揚起嘴角一笑，輕輕拍了我的頭。「沒辦法，我就是這種性格。有時候就得像這樣跌到谷底再努力往上爬，才會變得更有幹勁。沒事的，別擔心。」

我點了頭。心裡明白不必擔心。

小柾哥哥也好，小柊哥哥也好，兩人其實都想得很多，並且同樣盼望花乃子姐姐能夠得到幸福。

第二天的午後。

五個客人來到店裡。不是常客，而是沒見過面的女士。五位女士都散發著高尚的氣質，呃，該怎麼形容才好呢，端莊典雅？她們身上的服裝看來都所費不貲。感覺像是一群貴婦喝完下午茶，經過花坊順道進來逛一逛。

年紀大約四十幾歲吧，比我媽媽稍微年長一點。

「請問一下。」

「您好，歡迎光臨！」

花乃子姐姐上前接待。嗯，想必姐姐判斷以我的功力還不足以接待這樣的貴客。

「時間雖然還早了一點，請問現在可以預約中元節左右的宅配訂單嗎？」

一位女士露出美美的微笑詢問。

「當然可以！無論是幾個月後的訂購，本店都可以預先接單。」

「這樣嗎？另外，想請問貴店能否承接飯店宴會廳的花藝布置呢？」

花乃子姐姐同樣露出美美的微笑回答。

「是的，可以承接。」

「會場布置可能需要相當大量的鮮花喔。」

「沒有問題。」花乃子姐姐說。「萬一花藝布置超過本店員工的量能，我們會聯合其他花坊共同作業，當然絕不會因此而索取更高的價格，敬請放心。」

後方的幾位婦人彼此說著：太好了！真是太好了！

「我們是『榛學園』校友會的成員。」

「噢，各位好，承蒙經常惠顧。」

榛學園。我沒聽過，不曉得是哪裡的學校。

「我們的恩師即將退休了。這位老師已經在學園服務超過四十年了。」

後面那群婦人紛紛高興地補充：那位老師相當知名呢！是一位很厲害的老師喔！

「我們想邀請老師教過的學生們一起舉辦一場『榮退歡送會』，所以會場需要布置鮮花。」

嗯，懂了。重點就是她們要辦榮退歡送會。

接著，站在後方的女士從手提包裡拿出一張紙。

「會場訂在白崎飯店的鶴廳，您知道那個地方嗎？這是平面圖。」

「當然知道。請往這邊移駕。」

花乃子姐姐領著她們走向櫃檯，攤開平面圖。圖紙上畫著一個長方形房間的桌座配置圖。不是圓桌，而是一列列長條桌。真像電影裡在歐洲舉行的那種晚宴。

「會場的鮮花布置，希望一律使用白花。因為老師非常喜歡白色的花。」那位女士看著花乃子姐姐說。「例如，白薔薇。」

「好的，薔薇。可以加入其他種類的白花嗎？」

花乃子姐姐詢問。

「當然可以。」

「不要太華麗，但也不能太寒酸。」

「如果一看就像是用了很多經費，會讓老師過意不去。」

「可是如果整個會場滿滿的都是白花，會不會看起來不太吉利呀？」

「關於那一點，麻煩千萬留意。」

「這裡和這裡，一定要擺花。」

「每一個來賓的座位當然也要擺上。」

「可是如果用太多薔薇，好像太奢華了。」

「關於預算，大致是這個數字。」

婦人軍團開始你一言我一語地說起來了。

在後面做事的小柾和小柊哥哥憋著笑意盡量不看向這邊。一群婦人聚在一塊就會變成這樣。我也面帶笑容仔細聆聽這群婦人的交談，無意間瞥了花乃子姐姐一眼，頓時嚇一跳。

花乃子姐姐的瞳孔綻放著太陽花。

咦？

為什麼？

榮退歡送會有什麼異狀嗎？

六 續・石竹×薔薇

榛學園校友會的一群女士來到店裡，委託我們負責榮退歡送會的會場布置。

接到這樣的訂單讓人興奮得想放鞭炮慶祝。不僅花卉使用量龐大，況且會場的花藝設計也交給我們規劃與布置。換句話說，這是一張金額相當可觀的大訂單。小椛哥哥說，接到這種單子簡直像是「領到年終獎金的感覺」。

我懂小椛哥哥的意思。一般公司職員可以領到年終獎金——噢，聽說最近不景氣，很多公司無法發放——如果是正常情況，只要努力工作就能得到這項鼓勵，感覺自己又額外賺了一筆。

這當然是好事。可是……。

花乃子姐姐的瞳孔開出了太陽花，就在她和那群女士談話的時候。

我一邊工作一邊心想，今天打烊以後非得去問問花乃子姐姐感應到了什麼！可是現在得忍一忍，不

能在店裡聊這個話題，小柾和小柊哥哥好像還不知道花乃子姐姐眼睛裡的太陽花。
兩個弟弟和這個姐姐幾乎朝夕相處，為什麼對此渾然不覺呢？
想到這裡，我腦中冒出一個驚人的推論：
莫非是男生看不到出現在花乃子姐姐瞳孔裡的太陽花？
僅限女性？
只有女生才看得到？
可惜，即使去問花乃子姐姐本人，她也說不出個所以然，而小柾和小柊哥哥那邊也得去問他們才能得到答案。不過，我的推理很可能是正確的。對嘛，這樣才有神祕感嘛。
大家忙著接待顧客和出門送貨，好不容易告一段落時已經是四點過後了。
「花乃子姐姐。」
「什麼事呀？」
「下訂單的那家榛學園是很有名的學校嗎？」
「噢，妳問這個呀？」花乃子姐姐笑了。「妳應該沒聽過，那可是這個小鎮歷史最悠久的一家私立女子學校，而且是設有中學部與高中部的完全中學。」
「女子學校……」

這個名詞對某些族群具有很大的吸引力。一旁的小柾哥哥也點頭如搗蒜。

「對對對，那裡是一般俗稱的『貴族女校』，對我們這些普通高中的男學生們來說簡直是……」

「簡直是什麼呀？」

我明知故問。

「……就是光看到她們穿制服走在路上就想上前搭訕、或是跟在後面走之類的啊。她們一出現就會引起暴動哩！對吧？」

句尾的「對吧？」是朝著小柊哥哥問的。被指名回答的小柊哥哥笑得有點無奈。

「差不多那樣吧。我們那個時期已經不至於那麼大驚小怪了，不過據說以前那個學校的學生還曾被譽為『高嶺之花』。」

「是哦——」

我知道高嶺之花是什麼意思。沒想到這個小鎮居然有這樣一所女校。

「咦，那所學校的制服是不是很經典的水手服？」

「對對對，深藍色的，蝴蝶結是胭脂色的。」

我看過。非常經典的制服，很可愛。

「學校的歷史超過百年以上，校舍也很有味道喔。聽說以前有電影劇組向校方借用磚造的舊校舍做為拍攝場景呢。」

「那個時代的人還把電影叫成銀幕咧！」

我沒聽過什麼是銀幕，應該是指老電影的時代吧。大概差不多是石原軍團的當家首領石原裕次郎先生拍電影的那個時期嘍。⑤

「那，白天來的那些貴婦都曾經是『高嶺之花』嘍？」

「就是這樣沒錯。話說回來，我們開花店的比誰都清楚，花兒的生命稍縱即逝！」

「小柾哥哥，你好壞喔！」

大家笑了起來。

「剛才她們說『恩師即將退休了』？」

「是呀。」花乃子姐姐點點頭。「還說是已經服務超過四十年了，我猜應該是那位綾乃老師吧。」

綾乃老師。

「花乃子姐姐也認識她？」

「不認識，只是聽一個榛學園畢業的朋友提過。據說是她們學校很出名的一位老師，雖然對學生要求非常嚴格，但也十分關懷體貼，畢業時她的學生每一個都淚汪汪的，捨不得和老師分開。」

「那麼好的老師哦？」

雖然事情已經雲淡風輕了，老實說還沒有完全雲淡風輕，但我不禁想：如果我的學校也有一位這樣的老師，或許就不會離開學校了。

「反正時間還早。」小柾哥哥站起來看著貼在告示板上的訂單。「數量真不少。當天要不要暫停營業一天呢？」

「要暫停營業喔？」

「應該不用店休一整天吧。問題是到底要不要找其他花店一起接案，有點傷腦筋。」

「是呀。」花乃子姐姐也點點頭。「希望能再多一個人手。假如三毛有空就請她來幫忙，而且現在還多了芽依，這樣應該就應付得過來了。」

「三毛姐姐也會花藝布置？」

「當然會！她是美術講師，凡是和藝術相關的她樣樣都會。」

「我們之前接了一個案子是人造花的花牆，那塊背板我們弄不來，後來也是麻煩她幫忙的，而且幾乎只收了一點工本費。」

⑤石原裕次郎（一九三四～一九八七），日本知名演員暨歌手，被譽為日本二戰後具代表性的演藝人士，於一九六三年成立石原製作公司，旗下藝人被暱稱為「石原軍團」。

原來如此。三毛姐姐真是無敵萬能耶！

如果找其他花店聯手接案，收益就會相對減少了。最好由我們一家店統包，這樣賺得才多。

「放暑假了，要不要找海斗來打工？他至少可以搬搬花吧。」

聽我一說，大家頻頻點頭。

「對喔，可以請海斗來。」

「以前從沒想到可以麻煩他，現在有芽依在，問起來方便多了。」

「花開小路有榛學園的畢業生嗎？」

「沒吧。」小柾哥哥馬上回答，「這一帶沒聽過。」

「是呀，我想應該沒有。」

花乃子也這麼說，唯獨小柊哥哥歪著頭。

「不對哦，我以前聽過，寶飯的光枝老闆娘就是呀？」

「不會吧！」

小柾哥哥和花乃子姐姐同時大叫。

吃完晚飯洗了澡後回到各自的房間已是九點過後了。我在T恤上套了件薄帽T來到走廊，在花乃子姐姐的房前敲了門。我其實已經換上睡褲了。沒關係，就算遇到小柾和小柊哥哥也無所謂。

「請進——」

坐在桌前打電腦的花乃子姐姐身穿一襲材質柔軟的直筒洋裝，而且香肩微露，有點小性感。這種直筒洋裝當外出服時可以在裡面搭件襯衫，看起來好可愛。我很喜歡這樣的穿搭，打算也買一件，可是後來想想，那是因為花乃子姐姐長得高所以穿起來才好看，以我的身高恐怕撐不起這種搭配方式。

「快說給人家聽！」

我邊嚷嚷著邊往房裡正中央那張桌子旁邊坐下。

「榛學園嗎？」

「對對對，姐姐眼睛裡有太陽花嘛！」

不曉得這回花乃子姐姐又感應到什麼了。她無奈地笑了笑，移動到桌旁。

「總共來了五個人吧？」

「對。」

「唯一知道名字的是寫了訂單的那位中野理惠女士。她穿著藍色的罩衫。」

嗯，我記得她，一個戴著紅色系塑膠鏡框的阿姨。啊，稱阿姨沒禮貌。可是除了阿姨好像也沒別的稱呼了。

「其他四個人就不知道姓名了，不過她們的年紀相仿，應該是同一屆的。」

「我也覺得應該是。」

花乃子姐姐點了頭。「麻煩的是……」她輕嘆一聲。「有人懷有恨意。」

「恨意！」

是什麼樣的恨意呢？

花乃子姐姐露出為難的神情。

「那五個人之中的某人對某人懷有恨意。感覺上像是發生在學生時代的事，而且那股恨意主要針對老師而來，其後還衍生出錯綜複雜的情緒。我感應到的就是這些，至於細節就不知道了。」

「女人對女人的憎恨嗎？」

「就是這麼回事。」

這可棘手了。

「很難處理吧？」

「是呀。目前還不曉得具體狀況，只知道問題的根源是以前的事，而那股恨意一直持續至今。」

這麼說，事情很可能發生在二十年前。都那麼久以前的事了，居然還要翻舊帳？

「我猜，對方很可能在事前商討時指定哪個座位擺設哪種花，透過這種方式明目張膽地教訓別人。」

「用花來教訓別人？」

花乃子姐姐點點頭。

「譬如只在某個人的座位擺上具有負面花語的花卉，或是全場只有單獨一人用的花種類不同所以特別惹眼，也可能故意使用某種特定的花來勾起對方不好的回憶。藉由花來教訓別人的方法，我想得到的大概就是這幾種了。」

「天啊！」

乍看之下好像無關痛癢，其實是非常惡毒的手段。

「好討厭喔。」

「不僅討厭，也有損商譽。萬一被捉弄的那個人質問『為什麼只有我的花和別人的不一樣』的時候，對方只要回一句『應該是花店弄錯了吧？』這時就變成我們背黑鍋了。」

哪有這樣的啦！

「可是，我們在事前商討時，不是已經問清楚什麼地方要用什麼花了，所以就算被甩鍋也可以扔回去吧？」

花乃子姐姐搖了頭。

「花店和顧客之間並不會簽訂正式合約。事前商討也頂多在平面圖上標示註記而已，也不會特別請承辦人簽名。事後只要對方強力指責『是花店弄錯了』就可以把過錯推得一乾二淨了。」

「可是，不是還有訂單嗎？」

「沒用的。」花乃子姐姐溫柔地搖搖頭。「我們這種小本經營的商店，做的是和顧客一對一的生意。就算錯在客人，也不能直接指出『那是你的錯』，只能先道歉『有這種情形嗎，真是非常抱歉』，然後趕快想對策。」

「是哦？」

「就是這樣。」

「那，萬一客人說謊了，而且抵死不認，我們不就虧大了？」

「所以囉，我們只能相信顧客，這就是經商的基本守則。其實不單適用於經商，人與人之間的交際不也是如此嗎？比方說，妳覺得我會對妳說惡意的謊言嗎？」

「不可能。」

我百分百相信花乃子姐姐。

「即使不得不說謊，也一定是為了我好。」

花乃子姐姐點了頭。

「舉個不可能發生的例子。萬一小柾被警察以殺人罪嫌逮捕，只要他告訴我『我沒殺人！我是無辜的！』我一定會相信他。」

嗯，我也這麼認為。

「人必須互信才能活下去。做生意也好，做人也好，都是這個道理。遺憾的是，並不是每個人都有這樣的想法。關於這點，妳有過親身體會了，對不對？」

「對呀！」

我笑了。事到如今也只能一笑置之了。因為我就是那個不被校方相信，因而對校方失去信任，最後決定離開學校的那個人。

不過，我並不是再也不相信任何人了。爸爸和媽媽始終站在我這邊。我要離校的時候，也有同學難過得哭了。

「但不能因為這樣就對任何人都抱持懷疑的態度，否則就做不成生意了。只要顧客不逾越那道不容侵犯的底線，我們會全面相信顧客。這就是經商的基本守則。」

好，我懂了，這個道理我懂了，問題是……。

「要是在榮退歡送會上發生那種狀況，可就麻煩了。」

「很麻煩呀。就算是在事前商討時，承辦人莫名其妙地指定『這裡要用這種花』，我們覺得納悶而問一句『可以請問理由嗎？』這時對方只要堅持按照她的指示去做，我們也只能點頭答應了。」

「可是，萬一她堅持用的是花語含意很奇怪的花呢？」

花乃子姐姐想了想。

「每一種花的花語並不是只有一個。有些花同時具有正面和負面意涵的不同花語，我想，總不可能大家都熟知所有的花語，應該不至於有太大的問題。」

「但是，還是可能造成什麼不良影響吧？好好的一場榮退歡送會，要是出了什麼狀況，恐怕會讓那位綾乃老師和其他阿姨校友們的心中留下遺憾。」

「說得也是。」花乃子姐姐點了頭。「好，既然時間還早，不如委託三毛幫忙調查榛學園的那幾位女士吧！」

真佩服海斗，一個高中生居然連放暑假都起得那麼早。當然了，我也是在花店工作的年輕人，所以一早就起床了。我們一向是用傳訊聯絡今天要不要在一起念書。

我們約好了今天從九點開始用功一個鐘頭。我看時間差不多了，把參考書、筆記本和筆袋放進環保袋裡，沿著花開小路商店街走去他家。接近一丁目時，看到一個男人坐在長椅上抽著菸。

我定睛一看，是小淳刑警，三毛姐姐的男朋友候選人，於是加快腳步跑了過去。

「早安！」

小淳刑警咧嘴一笑，趕緊把手上的菸插進菸灰筒摁熄。哎呀，用不著那麼客氣嘛。

「早。呃，妳是韮山花坊的芽依吧？」

「對！」

小淳刑警長得好高好高，是個親切的型男，看起來實在不像刑警。

「不是放暑假嗎？這麼早要去哪裡？」

我把環保袋拎得高高的。

「念書。和 La Française 的海斗一起。」

小淳刑警一臉恍然大悟。

「如果我沒記錯，妳正在準備高中同等學力的資格考吧？」

「是的。」

我沒有隱瞞自己正在準備考試。雖然花乃子姐姐沒有讓大家知道我來到韮山花坊工作的理由，但是

任誰一看我的年紀就知道是高中生，肯定納悶明明該上學怎麼跑來工作了，我乾脆大大方方地說出來，

所以花開小路商店街上的鄰居都知道這件事。

「這樣啊。」小淳刑警點了頭。「加油喔！」

「謝謝。」

「有什麼煩惱，隨時來找我。」

「謝謝您。」

本來想趁這個機會請教美海姐姐被跟蹤的事，可是事情還沒有得到證實，還是先別提吧。

對了！

「小淳刑警應該認識我家的小柾和小柊哥哥吧？」

「當然認識啊。他們小我兩屆，從小學到中學都和我讀同一所學校，何況是長那麼帥的雙胞胎，在學校格外顯眼。」

哥哥們果然特別引人矚目。

「請問小柊哥哥從那時候就很文靜嗎？」

小淳刑警想了一下。

「在我的印象裡好像不是。他們的年級比我低，所以沒什麼機會在一起玩，但是小學的時候常看他們兩個到處跑來跑去的，雖然我認不出來誰是誰，不過都和一般的男孩一樣活潑。」

「這樣哦。」

他們兩個到處跑來跑去……。這麼說，應該有什麼原因使得小柊哥哥後來變成那麼穩重了。

「他們的同學知道的應該比我多吧。」

「同學？」

「妳知道聖伯嗎？」

知道知道當然知道！聖伯就是那位英國紳士嘛。

「聖伯的女兒，就是在四丁目那棟大廈一樓開設家教班的亞彌。她是小柾和小柊的同學喔。」

「啊，我認識她！」

白銀亞彌小姐。她時常來買花，活潑又開朗，給人可愛的印象，和花乃子姐姐屬於完全不同的類型。看她跟小柾和小柊哥哥聊得那麼熱絡，還以為只是因為住得近，原來三個人是同學喔。我現在才知道。

「她和他們兩個的交情應該都很不錯。」

說完，小淳刑警露出了頗有深意的笑容。

「請問為什麼那樣笑呢？」

「噢，抱歉。」他的笑意變成了幾分尷尬。「只是我前陣子剛聽人說過，小柾好像中學時曾向亞彌告白，結果被拒絕了。」

真的？小柾哥哥有這段黑歷史？

七　石竹×紫羅蘭×圓葉白英

早晨睜開眼睛正要起床突然想到……

「公休日！」

昨天睡覺前還想著這件事，可是醒來的瞬間卻充滿幹勁地準備去工作。看來我已經徹底適應這樣的生活了。

隔週週二的公休日。我一點都不討厭這份工作並且樂在其中，但是一到公休日還是不由自主地鬆了一口氣。這和上學時每逢週末假日的感受截然不同。我現在才知道，原來社會人士休假時是這樣的心情。

「才六點五十……」

我猶豫著要不要睡個回籠覺，想想難得的假日捨不得浪費一分一秒，終於還是爬起來了。換上衣服，先吃早飯，然後洗臉，接著還得打掃房間。吸塵器在休息日很搶手，有時候四個人都要輪流拿回房間用。

我走下樓梯。小柾哥哥和小柊哥哥一定還在睡覺，花乃子姐姐可能已經起床了。結果到了一樓一看，廚房沒有半個人影。這麼說，大家都還在睡。對喔，花乃子姐姐昨晚好像說過她要把那些積了好久的預錄影片看個過癮。

休息日時，我們採取自由行動的模式。

想要去哪裡做什麼，彼此互不干涉。當然了。如果相約去什麼地方，那又另當別論了。

關於這一點，來這裡之前爸爸媽媽就交代過我了：想必花乃子他們即使是休息日，也會因為擔心妳人生地不熟地而一直陪著妳，等過一陣子妳熟悉了環境以後，就不可以麻煩人家了。所以現在的公休日連早餐都是各自張羅的。

對了，昨天晚餐的通心粉沙拉還有剩，那個超好吃的！先搶先贏！

我從冰箱裡拿出通心粉沙拉，煎了荷包蛋，熱了牛奶，正要把麵包放進烤麵包機時，後門開了。

「咦？」

「噢，早。」

一身運動服的小柊哥哥踏進屋裡，那張露出爽朗笑容的臉龐還滴淌著汗水，真像廣告文案上寫的水做的男人。

「哥哥去跑步了？」

「跑了一小段。」

我提醒自己不可以露出鄙夷或奚落的表情，努力給出一個最自然的笑容。

「鍛鍊身體嗎？」

小柊哥哥用毛巾抹汗，脫下那雙簇新的跑鞋，點著頭走進廚房，拿杯子接水咕嘟咕嘟灌了好幾大口。

嗯，運動後喝的水特別解渴。

「稍微練一下。反正最近身體似乎變得有點笨重。」

「反正？」

小柊哥哥看著我笑了笑。這個表情真的帥得沒話說。

「男人超過二十歲以後，體力就一路下滑了。」

「是哦？」

「而且我的工作性質和小柾不一樣，幾乎一整天都是坐著。如果不趁現在稍微鍛鍊一下，上了年紀以後就糟糕了。」

也對。說得也是。但難道沒有其他理由嗎？——這個問題暫時還不能問。

「早餐呢？我正在烤麵包和煎蛋。」

「我等下自己弄。」

「沒關係沒關係，我來就好，趕快去換衣服吧。」

「謝了。」

小柊哥哥點頭道謝後上了二樓。他和我們這些非常親近的人在一起時可以正常交談，甚至發揮他的型男魅力，為什麼面對外人的時候就會變成像是有社交恐懼症呢？

「想不透啊——」

我聽小柾哥哥和花乃子姐姐說，小柊哥哥在幼稚園時並不是這樣的，直到上了小學以後才漸漸出現這種傾向。

對此，花乃子姐姐也頗為懊惱。那時看他和小柾哥哥在一起時互動挺正常的，只覺得這孩子比較文靜怕生，並沒有特別留意。上中學和高中時也一樣。由於他那突出的外貌，即使在教室裡總是一個人獨處，假日也待在家裡閱讀，看在周圍的人眼裡只當他是個沉默寡言的文藝青年，沒有人察覺任何異樣。

回頭想想，是那俊美的相貌耽誤了他的人生。

直到畢業後在店裡做事，大家才赫然驚覺小柊哥哥沒辦法看著外人的眼睛交談，這種溝通交流的方式對他而言相當痛苦。

忘了這句話是聽誰說的，唯有愛情才能將他治癒，這就叫 LOVE 呀——！所以我認為非得藉助美海姐姐一心向著小柊哥哥的情愛力量不可。

下樓的腳步聲傳來。

「小柊哥哥，麵包烤好嘍！」

不是故意模仿三毛姐姐，但我今天的預定行程和偵探沒有兩樣。

首先是調查小柊哥哥是不是真的喜歡美海姐姐。一來是受海斗之託，再者是跟蹤犯疑雲，最後還有小柊哥哥那雙謎樣的跑鞋。

我問過花乃子姐姐了，她不認為小柊哥哥會把真心話告訴她，而小柾哥哥那邊也是同樣的答案。他們姐弟都不曾和小柊哥哥聊過這方面的事，沒有自信能從他口中套出實話。況且如果身邊的親人像是起鬨似地再三追問，只怕他會鬧彆扭反而更不肯說了。確實有道理。

於是，我決定先去請教白銀亞彌小姐。出發前先去波平買了鯛魚燒當伴手禮，並且向她坦承登門拜訪的原因是「有件關於小柊哥哥的事想私下請教」。

相傳中學時代拒絕了小柾哥哥告白的這位亞彌姐姐，現在和白銀皮革店的克己先生結婚了。她跟小柾哥哥和小柊哥哥交情不錯，更重要的是也和美海姐姐很要好。小柾哥哥說，能夠讓小柊哥哥安心交談的女生，除了花乃子姐姐以外，就只有亞彌姐姐了。

我計畫在拜訪完亞彌姐姐之後，去見寶飯中菜館的光枝老闆娘，向她探聽關於榛學園的綾乃老師的資料，以及請教她是否認識前來委託榮退歡送會會場花藝布置的中野理惠女士等人。雖然目前還無法得到證實，總覺得中野理惠女士那幾位和光枝老闆娘的年齡似乎相差不遠。再加上那是一所完全中學，如果在校期間有重疊的話，說不定會知道一些事情。

雖然花乃子姐姐說過會請三毛姐姐幫忙調查，可是三毛姐姐畢竟還有正事要忙，我應該盡自己的能力查出有用的情報，也好讓花乃子姐姐能在這一天充分休息。

亞彌姐姐住在位於花開小路四丁目的大廈，一樓是「矢車英數家教班」。矢車是亞彌姐姐婚前的姓氏，也是聖伯的姓氏。這棟大廈的所有人是聖伯，他和亞彌姐姐的住所就位於頂樓。聖伯現在的國籍是日本但原籍是英國，所以亞彌姐姐是混血兒。

我搭電梯上樓，在掛著「**白銀克己・亞彌**」門牌的那一戶摁了電鈴。對講機隨即傳來「哪一位」的應門聲。

大門推開，亞彌姐姐的笑容隨即映入眼簾。

「芽依，歡迎！」

「打擾了。」

哇，已經聞到紅茶香了。聖伯是英國人，最喜歡喝紅茶，不曉得身為女兒的亞彌姐姐是不是同樣喜歡紅茶。

「請坐請坐！」

亞彌姐姐讓我坐在客廳的沙發上。好漂亮的屋子。空間寬敞，毫無壓迫感。我覺得這裡一定重新裝潢過，感覺像是打掉隔間牆後變成一個大空間。亞彌姐姐和克己先生是去年結婚的，可能是那個時候改造的吧。

克己先生已經去店裡工作了。白銀皮革店的公休日聽說是隔週的週一。

「喝紅茶好嗎？」

「太好了，我最喜歡紅茶了！」

茶杯也超級可愛。

「這個是在英國買的嗎？」

亞彌姐姐無奈地笑著點頭。

「我爸爸在這方面特別講究，所以凡是和紅茶相關的器具一概都是英國製品。」

這樣哦，沒想到這麼講究。亞彌姐姐的五官很可愛，乍看之下並不像混血兒。不過，像這樣近距離面對面就會發現她眼睛的顏色不太一樣。

「芽依。」

「有！」

「我就不繞圈子了。妳想談關於小柊，是指他和美海的事吧？」

亞彌姐姐笑咪咪地說。花乃子姐姐說過，亞彌姐姐個性耿直，不喜歡拐彎抹角。

「是的。」

所以，我也決定直截了當，有話直說。

「La Française 的海斗也託我幫忙確認小柊哥哥的心意。」

「傷腦筋……」亞彌姐姐微微皺起眉頭。「總不能直接去問小柊本人，他絕對一個字也不肯說，而且家人提起這件事，他反而會愈逞強。」

「就是這樣。」

亞彌姐姐果然了解小柊哥哥。

「我其實並不清楚小柊的心意，不過，可以肯定的是，他喜歡美海。」

「您為什麼這麼有把握呢？」

亞彌姐姐點了頭。

「忘了幾年前，當時美海還是高中二年級，所以大概是四年前左右，大家一起去過迪士尼樂園。」

「大家？」

「有我、有美海，還有奈緒。那家『柏克萊』的奈緒，妳知道吧？」

「知道。」

專賣咖哩的「柏克萊餐廳」的奈緒姐姐。雪白肌膚和那雙巨乳。我記得她是小淳刑警的表妹。

「奈緒和美海是同學。」

「哦，原來她們是同學？」

我不知道這件事。

「至於我們為什麼要去迪士尼樂園，因為奈緒從那時候就很喜歡松宮電子堂的北斗了。北斗妳認識嗎？」

「認識。但只講過幾句話而已。」

就是去那裡買東西的時候說了一兩句。聽說北斗先生比小柊哥哥更是超級宅男。

根據我的觀察，真的是這樣。只要稍微低下頭，他額前那片長劉海就幾乎遮住了整張臉。小柾哥哥說過，那是下意識試圖躲避別人的視線。

「對，那時候的北斗沒有自信，任憑奈緒想盡辦法主動示好他也不為所動，覺得自己配不上奈緒那樣的好女孩。」

「怎麼覺得這情節……也太像了吧？」

亞彌姐姐點了頭。

「奈緒也好美海也好，喜歡上的都是同類型的男人。」

她說完以後笑了笑。亞彌姐姐的丈夫克己先生恰好相反，是個活力充沛充滿熱情的人。年紀輕輕已經是花開小路商店街最主要的領導人物了。

話說回來，沒想到這條街已經發生過同樣的情節。

「於是，克己想了一個計畫，找大家一起去迪士尼樂園，在那裡撮合奈緒和北斗。去玩的人愈多他們愈自在，所以我找了小柊，希望利用這個機會讓他出門和大家交流交流。」

嗯，亞彌姐姐的性格確實像是會這樣照顧身邊的人，該怎麼形容呢，頗有大姊頭的架勢？

「結果，去的女生有我、奈緒、美海，還有大學前書店的美波和她妹妹菜津埜。男生則有克己、北斗、小柾、小柊，還有和菜津埜要好的翔哉。」

「真的陣容龐大耶！」

而且還帶著小朋友。我不認識翔哉，可能是亞彌姐姐家教班的學生。

「別看小柊哥哥平時不說話，他很喜歡小孩子。」

「真的嗎？」

「真的。這也是帶翔哉他們去的原因之一。總之，簡直像是參加戶外教學活動似的開心極了。我們那時也比現在稍微年輕一點，那天簡直玩瘋了。」

我懂亞彌姐姐的意思。那麼多人一起出去玩一定很興奮。亞彌姐姐點頭同意，接著側著頭思索。

「現在回想起來，美海從那個時候就喜歡上小柊了。大家當時光是忙著撮合奈緒和北斗就耗盡腦力了，不過還是被我發現了一件事。」

「發現了什麼呢？」

亞彌姐姐笑得很開心。

「不管是班上的女同學或是男同學靠近小柊和他並肩站在一起，他總會悄悄地繞到對方的右手邊。」

「右手邊？」

「也就是說，他讓對方站在自己左手邊的位置。」

「會這樣嗎？」

「小柾和小柊肩並肩的時候總是有各自的固定位置，小柾在小柊的右手邊。他的右手邊是屬於小柾的位置，只要小柾在那裡，他就會感到非常安心。所以，我一直認為，他潛意識裡不喜歡其他人占據了那個位置。」

這麼一說，我想起來了。

不單是吃飯時兩人的座位，還有兩人一起走路的時候也是，從我這邊看過去的左側總是小柾哥哥，而右側是小柊哥哥。

「對耶！」

「對吧？」亞彌姐姐點點頭。「我是因為從小一塊長大，所以就算站在他的右手邊也不至於無法忍受，只是表情有點焦慮不安。可是，大家出去玩的那一天……」

「嗯。」

「當美海站在小柊的右手邊時他並沒有抗拒，臉上也看不出焦慮不安的神情。我覺得他自己也察覺到這件事並且很訝異。我猜其實在那之前小柊已經對美海有感覺了，只是他自己裝作沒發現而已。小柊自從那一天起，應該很明確地知道自己對美海是什麼樣的感覺，也曉得如果是這個女孩，自己或許就能夠很自在地與她並肩站在一起了。」

我估計寶飯中菜館在兩點左右應該忙完了，那時光枝老闆娘才有空回答我的疑問，因此挑了那個時段前往。我推開嘎啦嘎啦作響的老木門，隨即聽到光枝老闆娘喊了聲「歡迎光臨——」。

「哎喲，可不是芽依嗎？」笑嘻嘻的光枝老闆娘拍著手說，「好一陣子沒看到妳了，一個人？」

「是的，只有一個人可以嗎？」

「歡迎歡迎！請坐請坐！」

我坐在最裡面的座位。光枝老闆娘端了杯冰水給我。她是一個身材略為豐腴的太太，一眼就知道是餐館的老闆娘——對不起，我想不到其他的形容——和她聊天時感覺很放鬆。

「怎麼會一個人來吃飯？」

「噢，沒什麼，偶爾單獨出來逛一逛。」

我笑著回答。光枝老闆娘先是打量著我的臉，接著嘴角上揚，誇張地點了頭。

「對嘛。芽依已經是社會人士了，休息日就該這樣隨心所欲盡情享受。」

「您說得是。喔，麻煩給我一個天津飯。」

「好，天津飯。」

光枝老闆娘旋即扯著嗓門朝廚房喊了聲「天津飯一份——！」在廚房裡面忙活的是她的丈夫和兒子。

滿臉笑容的光枝老闆娘走回這邊。

「今天沒和海斗出去玩？」

「海斗去上暑輔了。今天是平日。」

「啊，對喔對喔！」

光枝老闆娘哈哈大笑。我實在很難將光枝老闆娘和貴族女校榛學園的校友聯想在一起。店裡沒有其他客人，剛好趁這個機會請教。

「那個，我們店裡前幾天呢……」

「來來來，說給我聽！」

「來了幾位榛學園的校友。她們要辦一場榮退歡送會，訂了會場的花藝布置。」

光枝老闆娘肉墩墩的雙手猛然拍了個響掌，睜著圓滾滾的眼睛看著我。

「對對對！有個中野女士去了你們店裡吧？」

「對。您認識她？」

「當然認識呀，」光枝老闆娘瞇起眼睛笑著說，「中野理惠是我同學嘛，我們可是閨蜜呢！」

被我猜中了！光枝老闆娘果然曾經是那高嶺之花的其中一朵。這麼說，寶飯的老闆當年幸運地摘下了這朵高嶺之花嘍。

「就是『綾乃老師榮退歡送會』吧？我這邊也收到了 LINE 啊電話啊簡訊啊傳真啊什麼的統統都來了。」

LINE 和電話和簡訊和傳真？我眼睛眨了又眨，光枝老闆娘有些費力地在我對面坐了下來。

「這場歡送會的與會者從年長到年輕的都有，對吧?所以得用盡各種聯絡方式才能通知到所有人，要聯絡上老人家實在麻煩得很哪！」

「您也用LINE？」

「用啊。我女兒教我的，我們這一屆現在還保持聯絡的同學大約有三分之一都加入群組了。其他人有的用簡訊、有的用傳真、有的用電話。就拿電話來說吧，有的甚至連手機都沒有，得打家用電話才找得到人哩！」

原來是這樣喔。這麼一聽才知道，現在的大人真辛苦，得透過各式各樣的聯絡方式才找得到對方，不像我們人手一支智慧型手機，方便得很。

「這麼說，您也會去歡送會吧？」

「這個嘛……」光枝老闆娘頓了一頓。「那個時段我們還沒打烊，雖然很想見見綾乃老師感謝她的教導，恐怕只能參加會後的續攤了。反正時間還早，再說嘍，我是很想去啦。」

「那位綾乃老師很有名嗎？」

「那當然！——」說到這裡，廚房那邊傳來「天津飯好了」的通知，光枝老闆娘於是起身去端了過來。「來，久等了。快吃快吃，快趁熱吃！……說起那位綾乃老師呢——」她邊說邊坐了回來。

真好，現在沒有其他客人，可以讓光枝老闆娘暢所欲言。

「——她不但出名，甚至可以說，有她才有榛學園，等於是這所學校的精神支柱喔。」

「精神支柱喔……我開動嘍！」

我舀起一口天津飯送進嘴裡。忽然間，面前的光枝老闆娘的神情不一樣了，不再是我認識的那位寶飯中菜館的老闆娘。我想，此刻的她是當初那個就讀榛學園時的——呃，我不知道她的娘家姓氏，只好稱她為〇〇光枝同學了。

我為什麼如此斷定呢？因為她眼中散發出的光彩熠熠發亮。

「我到現在還記得綾乃老師送給全體畢業生的那篇臨別贈文〈妳們是花〉。」

「花？」

光枝老闆娘緩緩地點了頭，並且挺直了腰桿。

「『無論是綻放於原野，抑或盛開在街邊，花，就是花。唯有萌發新芽，極力展現美麗的姿容，才稱得上是一朵花。當花瓣落下的瞬間，就是花朵結束生命的剎那。在死去之前，妳們必須竭盡所能，展現最美麗的姿容。妳們應當帶著這份光榮的使命，努力活下去。』」

擲地有聲。這不是我熟悉的光枝老闆娘聲音。她複誦完畢後，有些難為情地笑了。

「喏，我開花的地方就在這裡。雖然只是一朵小小的花，遠遠比不上理惠她們，但是我始終謹記著綾乃老師的教誨，在死去之前必須竭盡所能，展現最美麗的姿容。」

花開小路二丁目的花乃子小姐

小路幸也

無論是甜蜜的回憶，抑或苦澀的回憶
那全都是與摯愛的妳們的共同記憶

花咲小路二丁目の花乃子さん 時報出版

POSTCARD

「好棒啊！」

好感動，我連眼前有一碗熱騰騰的天津飯都忘了。在花店工作的我，被這段話深深觸動著內心。再小的花也是花。再不起眼的花仍是花。沒有哪種花是最漂亮的。我每天工作看著無數的花，再明白不過了。

綾乃老師的話真有道理。

「這位老師真的啟發了很多學生。」

「是呀。所以我想這場歡送會一定會非常盛大。喔，可是老師不喜歡鋪張，所以主辦人應該會盡量打造出溫馨儉樸的感覺。」

原來那位老師有這種堅持。我聽得太感動了，差點忘了來這裡最重要的目的。剛才光枝老闆娘提到自己和中野女士是閨蜜。

「那天來我們花店的是中野女士和另外四位，她們都是您的同學嗎？」

「噢，妳說那幾個呀！」光枝老闆娘點點頭。「不全是同學，不過我都認識。她們去韮山花坊之前先繞來我這裡打過招呼了。小山和香代子是我同學，還有小我兩屆的小文以及大我一屆的百代學姐。」

當天晚上，三毛姐姐傳了訊息給花乃子姐姐「**帶著芽依來我家玩**」。這天雖是公休日，但晚餐時間四個人剛好都在家裡，於是奢侈地叫了外送壽司一起大快朵頤，太好吃了。

由於收到了那通訊息，所以花乃子姐姐和我就在小柾哥哥和小柊哥哥去洗澡的時候到了三毛姐姐家。

訊息裡特別寫上要帶我過去，表示我們三人祕密進行的計畫有了進展。

三毛姐姐照例沏了紅茶等我們來，真的好香。我愈來愈覺得自己愛上紅茶了。

「芽依今天似乎查到了不少線索？」

三毛姐姐笑咪咪地說。沒錯，說不定我可以當三毛姐姐的得力助手喔。

於是，我把從亞彌姐姐以及寶飯中菜館的光枝老闆娘兩位那裡聽來的內容全部轉述一遍。三毛姐姐邊聽邊做筆記。

「很好，芽依非常棒，很有當偵探的天賦喔！」

「沒那麼厲害啦。」

我傻笑幾聲。花乃子姐姐先是滿臉讚許的表情，下一秒卻抬手扶額，皺起眉頭。

「我得好好反省。天天生活在一起的親弟弟，居然完全沒發現他那麼在意站在右手邊的人。」

「任何家庭都是一樣的。」三毛姐姐安慰她說。「有時候愈親的家人愈不會發現那些生活細節，只有外人才看得清楚。如果不是這樣，我們這些當偵探的可就沒飯吃嘍。」

嗯，三毛姐姐的話很有道理。

「那麼……」三毛姐姐接著說，「光枝老闆娘那邊就由我接手了。我會從她那裡進一步問出那五位女士的資料。我們平時就常常聊天，沒問題。」

「麻煩妳嘍。我會準備好具有花語魔法效用的花讓妳帶去送她。」

「好。然後是前陣子 La Française 的美海遭人跟蹤的事。」

「這麼快就查出來了？」

花乃子姐姐和我同時難掩訝異。三毛姐姐露出苦笑。

「真的是巧合。我在查別的案子，總之就是在工作的時候，在某個地點看到了某個人，當時剛好美海也出現在同一個地方，看樣子應該是出來採購。」

我們兩個聽得專注，頻頻點頭。

「結果，那個有點面熟的男人正在跟蹤美海。」

「什麼！」

「妳認識那個人？」

「嗯。」三毛姐姐點了頭。「不是朋友，只是打過照面，可以算是同行吧。」

可以算是同行……也就是說……。

「啊？那個跟蹤的男人是偵探？」

花乃子姐姐比剛才更為震驚地嚷了起來。我也同樣嚇了一大跳。

「是呀。」

「所以不是那種可惡的跟蹤狂？」

「沒辦法，二者採取的行動幾乎一樣，被人誤認也無話可說。」三毛姐姐苦笑著說，「他是在一家位於東京頗具規模的調查公司上班的調查員。我一路跟著他回到了他公司，確認他真的是為了工作而跟蹤美海的。我裝作恰巧在路上看到他，上前和他打招呼聊了幾句，確定他正在調查美海無誤。至於是基於什麼原因而調查的，那就不得而知了。」

「問不到嗎？」

三毛姐姐聳聳肩。她做這個動作真俏皮。

「不會告訴我的。即使是同業，調查公司要是洩露了調查對象的資料，就無法在這一行立足了。這種行業最重視的就是口風緊，況且還簽了保密條款。」

「原來如此。」

說得也是。

「話說回來……」三毛姐姐露出促狹的笑容。「假如我有心查個清楚也不是辦不到，不過其實用不著那樣大費周章，對吧？」

三毛姐姐對著花乃子姐姐說，花乃子姐姐也點點頭。

「調查公司正在調查像美海這樣的年輕女性，最大的可能就是跟結婚有關了。」

「結婚？」

我又大叫一聲了。

「大抵是前去光顧 La Française 的客人裡面有哪家大公司的公子對美海一見鍾情，或是律己甚嚴的富豪喜歡上美海了。」

三毛姐姐告訴我。

原來是這麼回事，簡直是漫畫裡的情節嘛。

「現實中真的有這種事呀？」

「當然有啊！」三毛姐姐點了頭。「近年來對於年輕女性的身家調查甚至比以前來得多呢。我也是從同業那裡聽說的，比起十幾二十年前，這類委託案的數量可說是直線飆升。」

「為什麼？」

「嗯。」三毛姐姐點著頭解釋，「其中一個最大的理由可能是愈來愈多年輕女孩從事夜間的兼差工作。」

「夜間的兼差工作？」

「對。」三毛姐姐瞇起眼睛。「芽依已經上高中了，應該聽說過某些特種行業吧？例如從事色情工作，或去當夜總會的坐檯小姐或酒吧的女公關之類的。」

非常清楚。我好歹是個通曉「床笫之事」紙上知識的高校生。不光是電視劇和漫畫裡面出現的情節，連現實生活的黑暗面也知道不少。

我用力點了頭表示明白。花乃子姐姐的眉頭微微皺起。

「我也聽說過。」

「是哦？」

「先撇除真正的色情工作不說，有些夜總會的坐檯小姐和酒吧的女公關其實是潔身自愛、清清白白的女孩，卻遭到人們的誤會。許多女孩從事那類夜間的兼差工作是為了謀生，或是有其他名正言順的理由。」說到這裡，三毛姐姐點了頭，又接著說：「社會上對她們確實有很多偏見。甚至某些社經地位較高的男性認為一個女孩子去當女公關就叫做不檢點，也不想想那些女孩賺的錢就是來自你們這些男人上夜總會、上酒吧的豪擲千金。」

我連連點頭，愈聽愈有道理。

三毛姐姐描述的那個世界是我無法從電視劇和漫畫裡面了解的。各行各業都有堅守崗位認真工作的人。爸爸也告訴過我，職業不分貴賤。

「我們那個時代也是這樣，就是因為夜間兼差工作的門檻很低，所以才有那麼多人爭相投入。事實上，我也有不少同學做過那些行業。」

聽花乃子姐姐這麼一說，三毛姐姐也連聲附和。

「沒錯沒錯，我自己也是啊，萬一被學校開除之後走投無路，說不定也會考慮去做那種工作。花乃子不也曾經動過那種念頭嗎？」

「哇，真的嗎？」

花乃子姐姐佯裝惱怒地朝三毛姐姐瞟了一眼。

「想過呀。那時小柾和小柊還沒一起幫忙，店裡周轉不過來，我一度想過是不是乾脆把花店收掉去做晚上的工作賺得多又快。」

原來有過這麼回事。假如她們真的去酒吧上班了，三毛姐姐的人設可以是謎樣女公關，而花乃子姐姐則適合當個能夠傾聽一切煩惱的溫柔女公關。

「總之就是這麼回事。有愈來愈多的男士在有了結婚對象以後，擔心交往的女性瞞著自己晚上去兼差，所以委託相關公司進行調查。所以……」

「……有人想調查美海也是這個原因。」

我幫三毛姐姐把話接下去說完，兩人都點頭表示正確。

「應該錯不了。」

「問題是，到底是誰委託這項調查的？」

「關於委託人的身分，就得深入調查才知道了。必須去請問 La Française 的二宮老闆，店裡的來客中有沒有哪一位可能會做這種事的。」

三毛姐姐說完望向花乃子姐姐，而花乃子姐姐也側著頭想。

「好像沒聽說有人來二宮家提親。這是喜事，如果有，應該會傳出消息來。會不會是常客呢？」說著，花乃子姐姐抬眼看著上方思索。「假如真是如此，我們只好獻上祝福，不該再多加干預了。」

「不過——！」我急著插嘴說，「萬一真的是那樣，雖然是天大的喜事，但是對小柊哥哥和美海姐姐來說，卻是糟糕透頂啊！」

「可是，」三毛姐姐擺擺手，「就算真的有某家公司的繼承人向美海提出交往，只要美海拒絕不就沒問題了？美海不是對小柊一往情深嗎？全家人都看出她的心意了。」

「話是這麼說沒錯……」

我也說不清為什麼，心裡就是有一股不祥的預感。花乃子姐姐只微微點頭，臉上的表情有點複雜。

「總不好破壞別人的姻緣，當姐姐的也不方便對弟弟的感情指指點點的，況且如果真的有金龜婿上門，說不定美海也沒辦法拒絕。」

「真的嗎？」三毛姐姐也有點訝異地反問，「我對 La Française 一無所知，是不是有什麼難言之隱？」

「嗯。」花乃子姐姐點了頭。「也不到所謂難言之隱的地步。」說著，她看向我。「芽依，這件事絕對要保密，不可以告訴任何人喔！」

我用力點頭：遵命！

「La Française 的確是這條商店街的來客數最多的熱門餐館，但是開店初期光是投資在設備上就花了一大筆錢。」

「噢——」三毛姐姐點頭表示懂了。「看得出來。裝潢十分講究，擺設的用品也都是上等貨。」

「真的嗎？」

「真的。用個不太厚道的說法，實在遠遠超過這條街的格調，屬於銀座的超高級餐廳水準了。」

花乃子姐姐也同意三毛姐姐的比喻。

「對呀。二宮老闆在這方面非常堅持，但推出的菜色卻是經濟實惠，人人都能輕鬆享用，所以儘管每天揮汗如雨，那筆貸款卻還得奮鬥很多年才能還完。這件事我是從老闆娘那裡聽說的。」

「這樣哦。」

自從我來到韮山花坊工作以後才深深體會到這一點，雖然花錢改裝可以提升店裡的氣氛，但假如沒有創造出相對的營收，投入的成本就無法回收了。

「妳的意思是，美海會考慮家中的債務，寧願犧牲自己的愛情，接受一門好親事？」

三毛姐姐提出詢問，花乃子姐姐點頭回答。

「我不確定她會不會為家人做出那麼大的犧牲，但是她是個孝順的好女兒，一直很在意自己沒有去外面工作賺更多錢回來。我聽她說過這樣的話。」

三毛姐姐兩手抱在胸前，陷入長考。

我也和她一樣，雙手環胸。的確如此，我懂美海姐姐的心情。因為我同樣煩惱自己對韮山花坊並沒有貢獻卻領著薪水。

而且，以美海姐姐的個性，很可能會做出那樣的抉擇。

「可是，小柊哥哥也很喜歡美海姐姐呀！」

他們都太害怕會造成對方的困擾了。兩個人都想得很遠，擔心萬一交往以失敗告終，對於雙方的店都會產生不好的影響，所以即使對彼此有感覺也不敢輕易靠近。

「小柊哥哥肯定、絕對很喜歡她，我敢保證！」

「嗯。」三毛姐姐也點頭同意。「聽芽依說了亞彌小姐的描述之後，我也這麼認為。我們應該可以推他們一把吧？我想，關於美海的調查報告應該送到委託人手上了，而美海的身家資料可說是沒有絲毫瑕疵，對方早晚會登門提親的。問題是，我們該用什麼方法來推他們一把，這就傷腦筋了。」

「嗯。」花乃子姐姐也點頭。「說要推一把，具體也不曉得該怎麼做才好。就算對小柊說『拿出男人的魄力勇往直前！』也沒有用吧。」

「恐怕沒用。能不能找他哥哥小柾為他加油打氣呢？」

「那是火上加油。尤其在感情方面，小柊在小柾的面前特別自卑，而小柾也知道這一點，所以一向小心翼翼，從不在這個問題上刺激他。」

「噢，原來如此。」

三毛姐姐點了頭。我也覺得是這樣。要是小柾哥哥對小柊哥哥說了「去向美海告白」，小柊哥哥大概會把自己關在房間裡永遠不肯出來了。

我左思右想有沒有什麼好辦法，忽然間，一個名詞從天而降。

「相親！」

「什麼？」

花乃子姐姐和三毛姐姐同時看著我。

「安排小柊哥哥和美海姐姐相親！」

「妳說相親？」

對，就是這個。

「他們本來就互相喜歡，或者說應該是都有那樣的心意，可是，一個是害羞內向的女孩，一個是宅在家裡疑似患有社交恐懼症的年輕人，要想讓這兩個人主動向對方表示，根本比登天還難。所以，我們幫他們安排相親！二宮家和韮山家先談妥之後，再把那兩個人拉到一起！」

對，就是這樣。而且還要加上……。

「擺在相親桌上的花要用石竹。美海姐姐是石竹，對不對？」

花語是「思慕」和「唯一的愛」。小柊這個成天在花店裡的人，一定一看就知道了。聽我這麼一說，花乃子姐姐瞪大了眼睛，然後燦爛地笑著說：

「安排相親哦……」

不曉得為什麼，她的語氣中似乎有一絲感慨。三毛姐姐思索了一下，說：

「我覺得滿好的呀。如果照現在這樣下去，這兩個人大概還是一樣畏畏縮縮的，永遠不會有進一步的發展。退一百步來說，萬一，就算萬一兩人最後沒能在一起，至少經過了相親這個過程，他們也才能夠說服自己放下這段感情吧。」
「說得也是。」
花乃子姐姐也點點頭。
「我覺得一定會成功的！」
我說得斬釘截鐵。三毛姐姐像是忽然想到了什麼似地看著我。
「相親的時候，不如由海斗和芽依分別陪著男女主角吧！如果讓那兩個人單獨在一起，恐怕誰也不敢先開口吧。」
「對喔，好主意！」
花乃子姐姐拍手叫好。我雖然有那麼一秒覺得臉上冒出三條線，但既然是為了小柊哥哥……。
「好，我就拔刀相助吧！」
「那麼，我負責裝飾兩人的座位。美海那邊擺的是石竹，小柊那邊就放上紫羅蘭吧。」
「紫羅蘭？」
花乃子姐姐緩緩點了頭。
「花語有『永恆之美』和『求愛』等等。很久以前，法國男士如果遇到了理想的女性，就會在帽子插上一朵紫羅蘭以示自己絕對不會三心二意。」

居然有這樣的傳說？

「可是，以小柊個性，應該不至於三心二意吧？」

聽三毛姐姐這麼一說，花乃子姐姐故意調皮地皺起眉頭。

「他和小柾可是雙胞胎，一切小心至上。」

八　石竹×香水草

安排小柊哥哥和美海姐姐的相親。

女主角明明不是我，一顆心卻高興得像麻雀一般跳躍。噢，如果哪天我真成了女主角，這顆小心臟大概會緊張得像一頭到處亂撞的小鹿。應該不太有人會在自己要相親的時候感到雀躍不已的吧。

三毛姐姐建議，雖然他們兩個都是成年人了，畢竟雙方家庭都是在這條花開小路商店街上開業，即便我們急著為他們安排相親，還是應當按部就班，先取得雙方家長的同意。

「妳說得對。」

花乃子姐姐點頭同意。

「那麼，小柊這邊的家長是花乃子，已經沒問題了。為了讓美海的父母歡歡喜喜地答應這項提議，必備條件就是她弟弟海斗的贊成。萬一她父母有些猶豫，這時就需要親弟弟的大力贊成，將結論引導到

我們希望的方向上。」

「有道理。」

我覺得三毛姐姐講得對。不過，海斗那邊應該沒問題了，因為一開始就是海斗為了姐姐美海而拜託我去確認小柊哥哥的心意的。

「就算是他讓妳去確認的，還是應該先找他確認一下是否同意以相親的方式進行。」三毛姐姐強調。「如果毫無預告就直接找上美海的父母談這件事，就算他們贊成，要是弟弟海斗覺得有點不妥，說不定會連帶動搖了美海的決心。他們姐弟倆的感情很好吧？」

「很好，非常要好，和韮山家差不多。那我明天早上就去找他確認。」

「麻煩妳嘍。」

「小柾哥哥那邊該怎麼講呢？」

「對哦……」花乃子姐姐把手指抵在下巴上思索。「我想，他應該不會反對。」

「或者，同樣麻煩芽依去告訴他？」三毛姐姐提議，「芽依現在也是韮山家的成員，就像么妹一樣。比起花乃子去講，倒不如由芽依告訴他，也許小柾比較容易接受。這樣芽依也更能安心。如何？」

「遵旨！」

花乃子姐姐和三毛姐姐笑了起來。

愛的丘比特這個角色就交給我一個人從頭扮到尾吧！

事不宜遲。這件事如果不及早敲定，說不定什麼時候就有人上門來向美海姐姐求愛了。

首先，一早先和海斗約好一起讀書的時間。

今天的天空從早上就是灰濛濛的一片，而且特別悶熱。本來心裡七上八下的覺得是不祥的預兆，不過天氣就跟貓咪的瞳孔一樣，一會兒圓一會兒細——這是我最近學到的譬喻法。望著變幻莫測的天空，我覺得這個譬喻真是傳神極了。

說到貓咪，我很喜歡貓，問了花乃子姐姐和小柾及小柊哥哥，他們三人也都說喜歡。可是養貓養狗無法避免寵物掉毛的問題，而我們販售的商品是陳列在店頭的鮮花，那些貓毛狗毛很可能會飄落到花瓣和葉子上面。

所以，暫時還不能養，要等以後經營上了軌道才能考慮。也就是說，目前是住宅兼店鋪的形式，未來如果有能力在另一個地方置辦住宅，那個時候就可以養寵物了。

「早安！」

海斗一如往常來到玄關接我。他爸爸媽媽和美海姐姐的「早安！」從屋子後方傳了過來。以前是全家人大隊陣仗來到門前歡迎我，後來海斗讓他們別再勞師動眾了。我也這麼認為。大家分秒必爭的早晨時光哪怕有一分一秒浪費在歡迎我的這件小事上，都會讓我感到愧疚無比。

「我跟你說哦……」

來到海斗的房間，我剛把參考書和筆記本放在桌上攤開，便迫不及待地切入正題。

「幹嘛？」

「有重要的事情跟你說。」

我放輕了聲音，海斗不禁湊近一點聽聽看是什麼事。

「怎麼啦？」

他幾乎是用氣音反問。

「那個呢，我們打算加速推動小柊哥哥和美海姐姐的事。」

「加速推動？」

海斗的眼睛瞪得圓圓的。

「幾乎已經肯定小柊哥哥喜歡美海姐姐了，我們仔細確認過了。可是……」

我沒有告訴他跟蹤者是調查公司的員工。反正調查工作應該已經結束了，以後不會再有可疑人物跟蹤了。只要趕在那個委託人來二宮家拜訪之前讓他們兩人先相親，就算大功告成了。

「我找花乃子姐姐商量過，我們一致認為，雖然掌握了他們的想法，問題是一個是怕生的宅男、一個是害羞的女生，如果任由他們自行發展是絕對等不到結果的，所以我們想出了由大家安排他們『相親』這個辦法。」

說到這裡，我暫時停下來觀察海斗的反應，只見他的眼睛比剛才瞪得更圓更大了。

「相親？」

標準答案。

「你覺得怎樣？」

「太酷了！」

「太酷了？」

海斗露齒笑了。

「從來沒想過居然有這個辦法！相親耶，很好很好！……就是這個！」他還比了個握拳的勝利手勢。

「意思就是催他們趕快互相告白，對不對？問題是他們根本辦不到，所以才由我們幫他們安排個天時地利人和的好機會。」

「對，就是這樣！所以……」

目前有婚友社、婚戀服務網站、集體聯誼等等當起現代月下老人，以前的時代可沒有這麼多五花八門的管道。

「有一種會在兩家之間穿針引線的角色，叫做媒婆。」

「哦，我知道，我在電視劇和漫畫裡面看過。就是那種古道熱腸的鄰居大嬸，對吧？」

「對對對，就是那個！」

我也看過。那些大嬸會帶著相親照片送來家裡，邊喝茶邊稱讚影中人是一個不可多得的好對象。不過，這次的相親沒有媒婆。

「所以嘍，如果由我和你來代替媒婆幫忙牽線，你覺得怎樣？」

「妳和我？」

「對。」

既然要採取相親這種正式的形式，當然必須先稟報父母才行。

「花乃子姐姐也同意由我們兩個跟在他們旁邊推一把，接下來就是要請教你爸媽的意見：『二位是否同意讓他們相親？』我覺得先問問你的看法，這樣也有助於後續的推展。」

「當然贊成！不過，用不著那麼鄭重其事登門拜訪，我保證爸媽一定統統贊成！」

我也覺得應該會同意，但為求慎重起見，還是先問一下比較好。我猜，海斗對家裡的生意狀況大概並不清楚。

「還有一件事。」

「什麼事?」

「如果相親時突然要他們兩個單獨聊天恐怕會瞬間冷場……電視上不是演過嗎?就是雙方旁邊都有人陪著說說笑笑的,過一段時間之後說一句『那麼,接下來就讓兩個年輕人自己聊聊吧』然後就先退場。那個角色,這次要由比男女主角更年輕的我們兩個擔任,這樣他們應該比較自在吧?」

「好!」海斗雄心萬丈地握緊拳頭。「沒問題,交給我!非成功不可!」

太好了,跨過一關了。

「那,你先做好心理準備喔,明天我就和花乃子姐姐一起來拜訪你爸媽了。」

「知道了。」

接下來,輪到小柾哥哥。

不管事情有多急,工作永遠第一。

所以,我決定今天和小柾哥哥一起去送貨。這樣一來,一定可以找到空檔時間和他談這件事了。

昨天接了四張訂單指定在今天配送。三件是兒女送花束給父母祝賀結婚紀念日,一件是兒子送媽媽一盆觀葉植物做為生日禮物。

從早上起,我一邊準備花束一邊想著:配送花卉真是一項很棒的工作。因為我們配送的是人人都喜歡的禮物。每一個人收到時總是笑臉迎人。

「小柾哥哥，今天送貨時我可以一起跟去嗎？」

「可以呀，一起去吧！回程大概已經中午過後了，我們午餐去Jerky 吃吧！」

「太好了！」

Jerky 是在國道旁的一家小漢堡店。那裡的漢堡真的很好吃。好，就在那裡談。那家店幾乎全部都是包廂席，談事情也比較方便。

我們把要送的貨統統搬上車，向花乃子姐姐和小柊哥哥說聲出發了。車子上路以後，小柾哥哥問我：

「妳知道自己爸媽的結婚紀念日嗎？」

「知道呀，是十月三十一日。」

「很好。」小柾哥哥點點頭。「那今年的那一天要記得送禮物給爸媽，看是要送花束還是觀葉植物都好。」

「嗯，我已經計畫好了。」

以往我從沒那種念頭，但自從來到這裡工作以後，第一個想到的就是這件事。

「不過，我要用自己的錢付喔。說好聽的是自己的錢，其實是花店給我的薪水。」

「當然要給錢！」轉動方向盤的小柾哥哥咧嘴一笑。「還有，薪水就是薪水，那是妳努力工作換來應有的報酬，不必因為住在這裡還領薪水而覺得不好意思。」

上午時段的送貨順利完成了。送花束到第二戶的時候，我得到了餅乾。可能是因為我有一張娃娃臉，被誤認成中學生了，所以出來送貨時常遇到年長的爺爺奶奶們一看到我就開心得幾乎要伸手摸摸我的頭稱讚幾句：「幫忙家裡送貨嗎？真是乖孩子哪！」然後，通常會順手給我糖果餅乾。

平常如果有人把我當小孩看待多半讓我有些尷尬，可是這種時候我總是乖巧聽話地收下。小柾哥哥一把搶過去說剛好補充一下熱量就張開大口把餅乾咬得喀喀響。欸，人家是給我的耶！

我們在快到十二點前抵達 Jerky。等一下就會湧入大批人潮，掐著這個時間點來剛剛好。

進店裡找座位完成點餐後，我不浪費時間立刻破題。

「小柾哥哥。」

「嗯？」

「我有話想跟哥哥說。」

小柾哥哥一臉狐疑。

「是關於 La Française 的美海姐姐和小柊哥哥的事。」

接著，我把前因後果說了一遍，最後再說明花乃子姐姐和我決定讓他們相親，想先聽聽看小柾哥哥的意見。
只見小柾哥哥兩顆眼珠子瞪得和銅鈴一樣，然後笑了起來。
「相親！」
哥哥，你喊太大聲了啦。
「壓根沒想到竟有這一招！很好很好，相親好啊相親妙！」
欣喜若狂的小柾哥哥連連點頭稱好。我雖然預料到小柾哥哥應該不會反對，仍然忍不住鬆了一口氣。
小柾哥哥果然還是很擔心小柊哥哥該怎麼找到好伴侶。
可是，小柾哥哥的表情突然變得不一樣了。
他正在思考什麼。
我有些訝異。這是我第一次在小柾哥哥臉上看到這種神情。
他一向樂天開朗，不拘小節，說難聽點是嘻皮笑臉。那麼俊俏的臉龐，看起來卻像個撩妹高手。
可是，不一樣了。我知道，此刻在我面前的小柾哥哥，才是真正的小柾哥哥。我想，只有小柾哥哥付出真心真意交往的對象，才有機會看到他的這種神情。
「芽依。」
小柾哥哥先兀自點頭，然後喚了我一聲。

「什麼事？」

「『相親大作戰』，這個主意很棒。」

「很棒吧？」

太好了。不過，我沒想到他會那麼認真思考。

「我問妳，妳們應該還沒對小柊說這件事吧？接下來才要說吧？」

「對，接下來才要說。花乃子姐姐說了，要採取地方包圍中央的策略。」

「好！」小柾哥哥又微微點頭。「告訴小柊的任務，交給我吧。妳和姐姐都不要在場，我要跟小柊單獨談。」

一臉笑容的小柾哥哥看著我說。

「當然好呀。」

甚至是求之不得。我本來就有點煩惱該怎麼對小柊哥哥開口才好。

「對了，我想知道小柾哥哥的看法。應該不會有問題吧？小柊哥哥總不會抗拒這種做法吧？」

小柾哥哥大大地點了頭。

「絕對沒問題！我敢擔保那小子喜歡美海。老實說，我也常想著該怎麼把這兩個湊到一塊去。所以……」

「所以？」

「我保證一定會讓那小子去相親。沒問題，包在我身上！」

「嗯。」

我也點了頭。

真的好想知道……

小柾哥哥是不是有其他的點子？

「他說要兩兄弟單獨談？」

「對。而且今天晚上就談。」

花店打烊以後，我和花乃子姐姐一邊照例快手煮晚飯，一邊壓低聲音交談。就是關於小柾哥哥表示要自己一個人去說服小柊哥哥答應相親的事。

花乃子姐姐先是偏著頭想了想，隨即輕輕點頭。

「也好，那就交給他了。真要讓我這個做姐姐的去講，面對眼前的弟弟還是有點緊張，不曉得到底該怎麼啟齒才好。」

「就是說嘛。不過，我覺得小柾哥哥的神情好像和平常不一樣。」

「是哦——？」花乃子姐姐想了一下。「畢竟是雙胞胎兄弟，有些事只有他們自己感受得到。不過，事情交給小柾去辦就不必擔心了。別瞧他一副沒個正經的樣子，店裡絕大多數的營收都是他創造出來的業績，是個靠得住的男人。」

說得也是。

「那麼，準備工作差不多就緒了。」花乃子姐姐說。「明天就得去一趟 La Française 徵得對方父母的同意。」

「對。」

「我明天早上打個電話問問是否方便打烊後過去叨擾一下。」

我愈來愈興奮了。

「姐姐，擺在相親桌上的花，除了石竹和紫羅蘭，還有其他適合的花嗎？有沒有那種非常浪漫的？」

「浪漫的花……那就挑香水草吧。」

「香水草？」

「花語是『愛，直到永遠』。」

媽呀，我要被肉麻死了！

「好好好！就選這個！」

花乃子姐姐的手機響了一聲。好像是收到訊息了。她看了螢幕，露出苦笑。

「是三毛傳的：『萬分抱歉百忙之中打擾，關於榮退歡送會一事，望請移駕寒舍商討。』」

「啊，對耶！」

沒錯，差點忘了還有那件事。

好忙喔。

一踏進三毛姐姐家已是紅茶香味四溢。另外，還聽到了貓咪的叫聲。屋裡有隻可愛的黑貓。問姐姐是哪裡來的，說是從窗子溜進來以後就賴著不走了。

「待夠了就會自己出去了吧。」

我喚了聲「小黑貓」，沒有理睬，大概還在戒備狀態。不過，我靠過去時牠並沒有走開。

「小心點，現在伸手摸牠，會挨上一記貓拳攻擊的。」

時常有流浪貓和半流浪貓來到三毛姐姐的屋子。這棟立花莊的屋頂已經成為貓咪們的散步路了。讓人有點羨慕。

「妳說有進展了？」

三毛姐姐點頭回應花乃子姐姐的詢問。

「進展還不少。我和寶飯的光枝老闆娘聊了一陣，根據得到的線索很快查到了相關人士的經歷，資料很多，等下一起講比較清楚。不好意思，突然傳訊請妳們跑這一趟。」

「千萬別這麼說，我才覺得不好意思，全都交給妳一個人調查。」

三毛姐姐笑了。「沒關係，我自己也感興趣。小柊的事怎麼樣了？」

她臉上的笑容格外開心。

「沒問題。現在小柾哥哥正在和小柊哥哥單獨談要他去相親的事。還有，花乃子姐姐明天會打電話聯絡 La Française。」

「好！」三毛姐姐高興地直點頭。「太好了，聽到喜事真開心！那麼，接下來我們對照著人物關係圖講解。」

說著，三毛姐姐搬出了一塊大板子，上面畫著她剛才提到的人物關係圖。不愧是三毛姐姐，板子上畫著許多人像，可愛極了。

畫在正中央的Q版人像是一個氣質高雅的老婦人。

「這就是綾乃老師？」

「沒錯沒錯，照片在這裡。」

三毛姐姐把幾張列印出來的相片拿給我們看。

「這些照片是姐姐拍的？」

「對呀，用長鏡頭偷拍的。」

「您有那種高性能的相機？」

我已經來過三毛姐姐家好幾次了，從來沒看過相機。三毛姐姐嘴角上揚，笑著說：

「正所謂術業有專攻。我有不少門路。」

說得也是。我點點頭，將視線移向相片。

三毛姐姐畫的人像真是太傳神了！

「和綾乃老師一模一樣！」

「像吧？我好歹是個美術講師嘛。」

真的很厲害。不但像，而且比相片更可愛。

不過，其實只要把相片貼到板子上就行了，何必還要花時間畫出一個個Q版人像呢？我決定把這個問題吞回肚裡去。

看來，三毛姐姐是打從心底喜歡這種調查工作的。

「綾乃老師，本名松崎綾乃女士，現年六十八歲，自二十五歲起從事教育工作至今已屆四十三年。原訂於去年退休，由於各項工作尚待交接，因此繼續留校服務直至今年春天。這麼多年來始終待在這所歷史悠久的私立學校裡作育英才，實在令人佩服！應該是一位好老師。」

我和花乃子姐姐也跟著點頭附和。

「而且，她的相貌和體態也十分優雅。」花乃子姐姐看著相片說。「一個人日積月累的經歷會呈現在她的相貌上。身為教育者，唯有在同一所學校裡教學長達數十載，才能涵養出這種氣質與風骨，真讓人欽佩。」

「我也這麼覺得。這張相片就像一幅畫似的。」

「她的家人呢？」

花乃子姐姐詢問。三毛姐姐搖了頭。

「好像只有一位受病魔折磨多年的母親，已經過世了。她一邊照顧生病的母親一邊教書，根本沒有時間考慮結婚的事。三十年前母親去世後仍然維持單身。或許還有其他難言之隱，但得進一步調查才知道。」

「這樣哦。」

綾乃老師沒有家人了。

「據說那所學園的校區裡有一幢年代久遠的宿舍遺跡。」
三毛姐姐接著說。
「是哦？」
「同樣是磚造的小樓房，直到現在還住著工友與一些單身的教師。綾乃老師自從母親離世以後就搬到那裡住到了現在。」
「綾乃老師簡直是榛學園的精神標竿。」
花乃子姐姐點點頭。
這麼說，綾乃老師一直、一直住在榛學園裡？從早到晚都待在校園裡？
我正覺得佩服，突然想到自己不也是從早到晚都待在這條花開小路商店街上嗎？
「綾乃老師正式的送別會早就辦過了，場面非常盛大。這次的榮退歡送會是由一群熱心的校友另外發起的，多數是綾乃老師擔任指導老師多年的美術社團校友，至於主要的發起人就是前陣子去過韮山花坊的那五位。」
綾乃老師的周圍還畫著幾張人臉，也貼上相片了。對，就是上次來過的阿姨們。
「根據上次芽依的調查結果，也就是寶飯的光枝老闆娘所提供的線索，這一位就是光枝老闆娘的閨蜜中野理惠女士，據說曾經擔任學生會會長。」

「沒錯，很有那種氣勢！」

一看就知道是領導型的人物。

「接著這一位是暱稱小山的山田萌子女士，然後是西谷香代子女士。這三人和光枝老闆娘，噢，學生時代叫做曾田光枝女士是同學。有的同班有的不同班，目前或多或少保持聯絡。這幾位現年四十八歲，所以，反推回她們十八歲的那一年，當時的綾乃老師是三十八歲左右，師生間的相處可說是亦母亦姐吧。」

「嗯，說得也是，大約就是這樣的年齡差距。」

「另外，這一位是比前面四人小兩屆的暱稱小文的唐澤文江女士，最後是比那四人大一屆的百代學姐，也就是八田百代女士。除了光枝老闆娘以外的五個人是這一次歡送會的籌備幹部。順帶說明，剛才提到的都是目前的姓氏。雖然當年使用的娘家姓氏我也查到了，可是那樣太複雜了，就照現在這樣稱呼。她們都結婚並擁有自己的家庭了，大致確認過，所幸目前還沒有發生離婚之類的重大家庭變故。」

「大致確認？」

「對，大致確認，也就是只看表面上的狀況。至於她們家庭內部是不是有什麼不為外人道的難題，就得再做更進一步的詳細調查了，目前還沒有進行到那個步驟。到這裡，應該沒有什麼問題吧？」

三毛姐姐詢問，我和花乃子姐姐都點了頭。三毛姐姐的調查報告還是一樣出色，真是一位優秀的偵探！

「說到這裡，我想花乃子大概也覺得奇怪，為什麼是由一群三十年前畢業的社團校友擔任這次榮退歡送會的發起人？」

「對，就是這個！」花乃子姐姐接著說，「我一直納悶，考慮綾乃老師的年齡，如果要在正式的送別會以外，再辦一場所謂的榮退歡送會，而且與會者包括她歷年來的學生，照理說，應該是由近幾年的畢業校友，也就是綾乃老師還記憶猶新的學生做為發起人才合理呀。」

「我也覺得，畢業都三十年了，就算綾乃老師再怎麼厲害，應該也不記得了吧。」

「嗯。」三毛姐姐點了頭。「這是有原因的。這五位被譽為美術社的『光榮五女將』。」

「『光榮五女將』？」

那是什麼頭銜？

「當時的美術社的活動，這五位在許多競賽中獲獎無數，甚至入選了公開招募的畫展，而且綾乃老師也一起得獎了。」

是哦……。

呃，我猜應該很厲害吧，可是我對繪畫一竅不通，實在不了解那個世界的獎項價值。三毛姐姐看著我的表情，不禁露出苦笑。

「妳聽不懂吧？」

「對不起。」

「那我舉個淺顯的例子吧。拿體育社團來說，這五個人相當於在全國高中校際運動會和國民體育大會的團體項目和個人項目統統獲獎，接著在國內等同於奧運選拔會等級的大會上和成年人一起比賽，最後還奪得獎牌站上了領獎台。」

「太強了啦！」

嚇得我連連點頭。在此向全國美術社社員致上誠摯的歉意，我終於明白各位有多厲害了。

「這種情況很罕見吧？」

三毛姐姐點頭同意花乃子姐姐的說法。對喔，三毛姐姐是美術科系畢業的。

「雖然當時和現在的情況大不相同了，但是能夠在日本具有代表性的公開招募展中同時全員入選，確實不簡單，相當震撼。除了運氣以外，這五個人的確擁有繪畫的才華。只不過……」三毛姐姐聳聳肩。「後來她們大部分都只停留在嗜好的階段。雖然八田百代女士在住家開設兒童繪畫教室，但這也屬於興趣的領域，稱不上是一項職業。中野理惠女士、山田萌子女士以及西谷香代子女士並沒有繼續執畫筆。」

「即使在高中時代一鳴驚人，要想進入業界並不是那麼簡單的事。」

花乃子姐姐說。

「是呀，雖然在插畫和現代美術的路比以前寬了一些，但真的只有極少數才華洋溢的人能夠當上油畫家並且得到矚目。這群人當中，唯一只有唐澤文江女士至今仍以油畫家的身分持續創作，也開過畫展，還在藝術學群的大學裡任職副教授。」

只有這一位把高中時代的社團活動延續到了今天，而且是當成職業。

三毛姐姐端起杯子喝了一口紅茶。

「多虧花乃子準備的花，光枝老闆娘對當年的事聊得很深入，只是畢竟是三十年前的事，很多部分都記憶模糊了。光枝老闆娘和中野理惠女士是手帕交，與山田萌子女士、西谷香代子女士則是同班同學，和她們之間有不少回憶，但好像沒有花乃子感應到的所謂『憎恨』，所以從她那裡幾乎沒有收穫。」

「這樣啊。」

「如此一來，」三毛姐姐伸出手指，在人物關係圖的外圍繞了一圈。「依我推測，花乃子感應到的『那五個人之中的某人對某人懷有恨意。感覺上像是發生在學生時代的事，而且那股恨意主要針對老師而來，其後還衍生出錯綜複雜的情緒』，也許發生在美術社的光榮五女將之間了。我認為這種可能性極高。」

「嗯……」

花乃子姐姐緊抿嘴脣沉吟。我也不自覺地模仿著她的動作。

花乃子姐姐苦思半晌之後，略顯虛弱地偏著頭。

「大概是這樣吧。」

「大概就是這樣。」三毛姐姐也點了頭。「目前無從得知造成這股恨意的理由，要想知道事實真相，就只能去問當事人，也就是光榮五女將以及綾乃老師了。」

花乃子姐姐的表情十分苦惱。

「使用花語魔法也辦不到嗎？」

「應該說，」花乃子姐姐解釋，「並不是辦不到。而是『憎恨』在人類的情感中是相當強烈的一種，必須使用相對強大的力量才能引出這種情緒。但是，芽依……」

「嗯？」

花乃子姐姐看著我。「一旦引出了強烈的恨意，極有可能會掀起另一場風暴。懂嗎？」

好像有一點懂。

「我懂。如果是悲傷，只要療癒就好；如果是煩惱，只要解決就好。但如果是憎恨的話……」

「對極了！」花乃子姐姐用力點頭。「如果是憎恨，只能消除而已。可是要想消除它沒有那麼簡單。假如有一個人過了幾十年依舊心懷恨意，那股恨意將會凝聚成一塊相當堅硬的團塊。就算那個團塊一直隱藏在體內深處冬眠，一旦使它浮出表層，很可能就會瞬間爆炸開來了。」

花乃子姐姐的神情相當痛苦。低著頭的三毛姐姐這時抬起臉來，說：

「就是這樣。芽依，我做個假設。」

「姐姐請說。」

「假設這五個人和綾乃老師之間發生了某種糾紛。至於原因，考慮她們當時的身分分別是美術社的光榮五女將以及社團指導教師，其中一個可能的理由就是剽竊。」

「啊！」

對喔，因為是繪畫。

「這純粹是我的猜測。此外，也可能是綾乃老師特別偏愛其中一名學生而導致其他學生的嫉妒。雖然她是人人稱讚的好老師，但年輕時的教學經驗還不夠豐富，難免會犯錯。何況榛學園是女校，人際關係更是複雜。不過，假如是那種情況，應該不至於在表面上形成太大的問題。」

「是啊。」

至少她們五人目前還一起擔任籌備幹部。

「但還有另一種可能是，以往彼此幾乎沒有聯絡，這一次才不得不出來擔任幹部。事隔多年的重逢在這五個人之間又激發出種種複雜的情緒了。」

「的確不無可能。」

花乃子姐姐邊嘆氣邊說。

好難。

實在太難了。

花乃子姐姐又喝了口紅茶，一臉嚴肅地思考。

「憎恨，是無法消除的。這裡暫且不討論遭人怨恨的另一種狀況。唯有心懷憎恨的本人願意原諒對方，才能夠消除這股恨意。」

「原諒？」

「對。舉個例子。如果海斗突然衝著妳說『妳這個醜八怪！』，妳會有什麼感覺？」

我覺得有點好笑。

「當然會生氣呀！」

「會生氣吧？於是妳真的生氣了。沒想到海斗還把這件事拿去到處講，結果連周圍的人也跟著叫妳醜八怪，到這個階段妳也許會對海斗產生了恨意。如果海斗最後真心誠意地來向妳道歉呢？」

那還能怎麼辦呢？

「如果他是真心反省之後才來向我道歉的，也只有原諒他了。」

「心中的恨意會消除嗎？」

我想了想，赫然發現只要把這個情況和之前遭到霸凌的事放在一起對照，答案就很簡單了。我覺得花乃子姐姐真正的用意是希望透過這個好笑的例子讓我明白這一點。

「即使他來道歉了，畢竟無法改變過去的事實，所以我心中的恨意很可能並不是真的煙消雲散了。不過，所謂的原諒，意思是由自己想辦法收拾掉內心那種憎恨的情緒，算是另類的解決之道吧。」

「很好。」花乃子姐姐露出微笑。「就是這樣。自己收拾自己的心情，畫上句點，否則那種憎恨就沒有結束的一天了。不是把它消除，而是讓它結束。這件事已經沒有我們插手的餘地，必須由她們當事人親自解決了。」

三毛姐姐閉上眼睛，片刻過後又倏然睜開。

「這種時候好像該喝點酒。」

「就是說呀。」

怎麼連花乃子姐姐也這樣了？

「心情變得那麼沉重哦？」

「是啊。」

她們兩人同時扶額，陷入沉思。我的大腦還不曾浮現過想喝酒的念頭，所以不太能體會她們此刻的心境。不過剛才很認真地又一次思考了當初遭到霸凌的事，現在的心情的確盪到了谷底。

或許大人們就是在這樣的時刻會想借酒澆愁吧。

而且，三毛姐姐也好花乃子姐姐也好，之所以現在想喝酒，很可能是因為即使心中未必懷有恨意，卻想起了近乎那種情感的某一段人生境遇吧。

「花乃子，我怎麼想都無解。」三毛姐姐的目光仍然望著地下。「我想了又想，妳的花語魔法在這件事上完全無法發揮效用。就算拿常用的馬鞭草開啟那個人的心房，讓她吐露恨意，但我們卻沒有辦法消除那股恨意。」

「花乃子姐姐，沒有哪一種花的花語是『大家相親相愛吧！』的嗎？」

「也不是沒有類似的。比方日日春的花語是『友情』或『快樂的回憶』還有『愉快的往日時光』。或許可以藉助它的功效，讓大家回想起當年相處融洽的那段日子。」

「可惜依舊無法消除憎恨。」

三毛姐姐補充。花乃子姐姐點了頭。

「剛才也說過了，那種強烈的情緒是無法消除的。唯一的辦法就是靠自己收拾心情。」

「就算買到了那種花，還必須讓那五個人，或包括綾乃老師在內的六個人齊聚一堂。即便以一個不會讓她們起疑的正當理由把所有人都找齊了，我們的插手干預說不定等於捅了馬蜂窩，反倒強化了那股恨意。萬一真的變成那樣，榮退歡送會恐怕要淪為修羅場了。」

「原來如此。」

我也忍不住嘆了氣。這件事真的很棘手。三毛姐姐輕輕地搖著頭，那模樣真像貓咪。

「假如只是用布置的花卉來讓對方感到不快，已經可以說是不幸中的萬幸了。因為對方很可能根本沒注意到。」

「的確如此。」

花乃子姐姐也微微點頭。

「可是……」

我做了反向思考。

「要是我們不採取任何行動，榮退歡送會很有可能真的會變成修羅場呀！花乃子姐姐的眼睛出現了太陽花，不就表示那五個人之中，有某人具有非常強烈的恨意嗎？」

花乃子姐姐看著我。

「妳說得也有道理。」

花乃子姐姐陷入了天人交戰。我也努力思索，卻什麼點子也想不出來。

忽然間，花乃子姐姐緩緩地點頭。

「三毛，不如單獨鎖定綾乃老師，從她身上挖出往事的真相？」

三毛姐姐想了一下。

「妳的意思是，挖出光榮五女將全體成員的真實想法具有風險，只剩下這條路可走了。而問題的癥結很可能就在綾乃老師身上，所以鎖定她做為標的，是嗎？」

「倘若什麼都沒做，就這樣眼睜睜地等待榮退歡送會的那一天到來，心情實在太沉重了。我的想法是，至少把理由弄清楚，或許就有辦法處理後續的狀況了。」

「可是，該怎麼去問綾乃老師呢？總不能莫名其妙送花過去，而且綾乃老師也不認識三毛姐姐和花乃子姐姐呀！」

「這……」

花乃子姐姐只說了一個字，又回到沉默之中。這時，三毛姐姐點了頭。

「沒辦法，只能使出終極手段了。」

「終極手段？」

我和花乃子姐姐同時反問。

「妳想做什麼？」

「姐姐有什麼絕招嗎？」

「嗯……」三毛姐姐慢慢點頭，微微皺眉。「有這麼一個人，可以說是我的師傅。逼不得已，只好請他出馬了。」

「師傅？」

無敵萬能的三毛姐姐上面還有師傅，那不就是超人了嗎？

「只要請他出馬，應該可以讓綾乃老師說出真心話。」

「說出真心話？」

「我和花乃子目前沒有任何方式能夠接近綾乃老師。也就是說，我們沒辦法在不引起對方的懷疑之下，不露痕跡地接近，並把花乃子精心組合的花送給她，然後問出那群光榮五女將懷有憎恨的理由。可是——」

「只要拜託那位師傅，就能問到了？」

三毛姐姐緩緩點頭。

「他，無所不能。」

九　圓葉白英×馬鞭草

我好想知道那位可以說是三毛姐姐師傅的人究竟是誰，但是三毛姐姐說什麼都不肯告訴我。

「連花乃子都不知道是誰。」

「對，我以前問過，那時妳也說不能講。」

這樣哦。不能告訴我們他的身分來歷喔。

「因為是偵探，所以不能講嗎？」

聽我這麼一問，三毛姐姐噗哧一笑。

「不完全是這個原因，不過這麼想也無妨。妳就當做『他』是個謎樣的人吧。」

三毛姐姐像是要確認什麼似地，兀自輕輕地點了頭。

「距離榮退歡送會還有三個星期左右吧。」

是的。已經開始放暑假了，而歡送會訂於八月十五日中元節於白崎飯店鶴廳舉行。

至於為什麼要選在中元節這天，姐姐告訴我是因為這段時間較多人返回老家掃墓。出席者都是女性，其中也有不少是家庭主婦，所以選在這時候舉辦能夠讓最多校友共襄盛舉。我聽了以後點頭表示明白了。社會人士要知道的常識可真不少。

「通常會在倒數十天前做最後確認，到時候那群光榮五女將的籌備幹部又會來店裡了吧？」

三毛姐姐向花乃子姐姐詢問。

「確認訂單內容之後還需要時間備齊花材，那個時候定案剛剛好。我會打個電話通知，請她們八月初再來一趟。」

「不曉得會不會五個都來？」

三毛姐姐反問，花乃子姐姐側著頭想。

「不曉得耶。聯絡人是中野理惠女士。」

「既然如此，且不論本人有沒有察覺到這一點，中野理惠女士很可能就是這股恨意的中心人物，畢竟中野女士能夠下達指令要求更換花卉種類吧。」

「我也這麼想。因為最後一次只是確認訂單，沒有必要出動五個幹部特地跑這一趟。」

其實我也考慮過那股恨意或許出自中野女士。就算最後一次確認五個人都來了，中野理惠女士之後還是可以打電話來換花，而我們也只能聽命照做。因為第一次來到店裡時，其他人並沒有留下姓名以供聯繫。

「可以的話，我希望能在那之前掌握事情的全貌，這樣才能央請『他』幫忙。在請託的時候，不得不將花乃子瞳孔會綻放太陽花的情況原原本本地告訴『他』，應該沒關係吧？」

「那當然！」花乃子姐姐說，「既然相當於三毛的師傅，在保密方面自然口風很緊吧？」

「我向妳擔保。」三毛姐姐露齒一笑。「因為連『他』的存在本身都是個天大的祕密。」

連存在都是個祕密……聽起來好神祕呀！

「雖然不敢保證馬到成功，至少能夠從綾乃老師那裡打聽到不少情報，並以冠冕堂皇的理由送花給她。這回該準備什麼樣的花呢？」

花乃子姐姐想了一下。

「首先必備的是馬鞭草，另外還需要圓葉白英吧。」

「圓葉白英？」

我和三毛姐姐同時念了一遍。沒聽過的花名。

「並不是到處都有得買的花，而是開在山裡的小花，到了秋天會結出紅色的果實，在那個季節上山的人或許看過。」

「花語呢？」

聽到這個詢問，花乃子姐姐欲言又止。

「『不受騙』。」

三毛姐姐略顯詫異地微張著口，花乃子姐姐也一臉嚴肅。

「既然這事牽涉到強烈的恨意，除非到了情非得已的關頭，通常人們會選擇不惜撒謊也要隱瞞到底。所以必須有這種花在場，才不至於受到謊言的欺瞞。」

「那，妳先備著吧。說不定很快就有機會用上了。」

「好。」

那個像師傅一般的人到底是誰呀？

回家的路上我問了花乃子姐姐，她也感到狐疑。

「我真的不知道。其實三毛本身也藏著許多祕密。不過呢，芽依。」

「嗯？」

「三毛把這件事說出來，表示她信任我們。」

「信任……」

「嗯。」花乃子姐姐點了頭。「所謂的祕密，就是真的不能讓別人知道的事，其實根本不應該說出口的。今天她願意讓我們知道，就等於她親口對我們說『我信任妳們』。所以，我們也必須報答這份知遇之恩才行。」

我明白了。

「這件事不能告訴任何人，包括三毛姐姐有個像師傅一樣的人的事情在內。」

「就是這樣。……芽依，我問妳。」

「嗯？」

花乃子姐姐略為思忖，片刻過後開口：

「妳覺得友誼是輕？還是重？」

友誼是輕是重？

「我不知道耶。」

「我想有些朋友屬於泛泛之交，在一起時什麼都不想只管吃喝玩樂然後解散各自回家。有這樣的朋友也不錯。然而，真正的朋友是……」

「真正的朋友是？」

「透過一次又一次的彼此信任，逐漸加深雙方的友誼。隨著友誼的重量愈來愈重，直到某一個時刻，那股重量忽然消失了，就像積雪到了春天就融解了一樣，變得輕盈無比。這時候，表示互相建立起非常良好的關係，也就是成為一輩子的摯友了。」

我沒有這樣的經驗，也沒想像過這種情形，所以不太能夠體會。不過，似乎可以明白這段話的意思。

「所以呢，我覺得千萬不可以不再信任朋友，也不可以不再接受朋友的信賴。」

說到這裡，花乃子姐姐停下腳步，看著我。

「嗯！」

我懂姐姐要說什麼了。她想把這段訊息帶給身邊這個遭到霸凌後依從自身的意願逃到了這裡的我。

「別擔心，以後我會交很多朋友的。」

「說得也是。」

花乃子姐姐緊緊地摟著我的肩，一起朝家的方向走去。

一回到自己的房間馬上收到了小柾哥哥傳到我手機上的訊息。正納悶著為什麼要傳訊呢？點開一看，「**要談相親的事，悄悄到姐姐的房間，別讓小柊發現**」。

原來要談那件事哦。我躡手躡腳地溜出房間，進去花乃子姐姐的房間時，小柾哥哥已經先到了。

三個人鬼鬼祟祟地圍坐在房間正中央的那張小桌旁。

「關於相親的事……」
表情認真的小柾哥哥壓低聲音說。
「已經跟小柊講了？」
花乃子姐姐同樣輕著聲音詢問。
「還沒。我有另一個想法。」
「另一個想法？」
「就算同時告訴他們『要幫你們兩個安排相親喔』，之後再決定相親的日期，問題是兩邊都在同一條街上工作，這段空檔時間反而讓雙方覺得很尷尬。何況這種消息傳得快，想瞞也瞞不住。」
「嗯，你說得對。」
花乃子姐姐點頭同意。小柾哥哥的話確實有道理。以這一對的情況來說，在同意相親的那一刻就表示雙方願意交往了，在這種情況下如果剛好在附近碰到面，一定非常尷尬。而且不曉得為什麼，這類好消息總是轉眼間就傳遍大街小巷了。
這樣一來，說不定這兩個人更不願意出門，並且把自己牢牢關在家裡面了。
「所以，我覺得倒不如採取更強硬的手段，同時告訴他們『明天要相親！記住嘍！』來得更有效率，妳們覺得呢？」

「太強硬了吧！」

我提出質疑。

「的確強硬。」小柾哥哥沒有反駁，繼續說，「可是以他們的狀況而言，不覺得這是比較好的做法嗎？畢竟他們可說是從小一起長大的，與其多出一段莫名其妙的空檔時間，還不如……」

花乃子姐姐望著天花板想了一下。

「這個方法或許比較好。」

「不用我提醒，這件事當然要暗中進行。和二宮家的父母祕密會面，取得他們的同意，兩家約好同一時間告知他們兩個『明天要相親了』。事實上，這等於向他們宣布『已經同意你們結婚了』。」

「結婚！」

「難道不是嗎？」小柾哥哥反問，「那兩人絕對是互相喜歡，早就超越了見面相親、交往不成、道歉分手的階段了。說到底，相親不就是以結婚為前提的交往嗎？」

「話是沒錯，我擔心的是按你的方法會不會過於強硬？他們還年輕呀！」

花乃子姐姐的語氣有點像慈母。

「他們又不是從現在才要開始漸漸熟悉對方的，兩邊早就熟得不得了啦！雙方的性格、家庭以及未來的計畫統統一清二楚，彼此喜歡卻又說不出口，就這樣耗了好幾年。身邊的人如果真要管閒事就得好人做到底，若是只幫了一半就撒手不管，那才叫不折不扣的雞婆啦！」

小柾哥哥是認真的。他的眼神和平常不一樣。花乃子姐姐也瞇起眼睛，神情嚴肅地看著小柾哥哥。

「你認為，這樣做才好？」

「對，依我的判斷，這是最佳方案。另外，希望大約等三個星期以後，再告訴他們要相親。」

「三個星期？」

花乃子姐姐和我同時喊出聲音，面面相覷。

三個星期，差不多就是歡送會的日期。這應該是巧合，但為什麼需要這段時間呢？

「要等到中元節的時候？」

「唔，差不多吧。」小柾哥哥點點頭。「還不確定，只是個大概。等事情確定以後當然會提前告知日期，目前估計大約是中元節的時候。」

我和花乃子姐姐一起面露不解。

「為什麼需要這段時間？」

「這其實是配合我的需求。」

「小柾哥哥的需求？」

「正確來說，這是我為了讓小柊下定決心而預做準備的需求。」

小柾哥哥為了讓小柊哥哥下定決心而預做準備的需求？

我愈聽愈糊塗了。

「暫時還沒辦法說出細節，但是大家都知道，只要小柊對美海說『請和我交往，請和我結婚』，她一定當場答應，對吧？所以，我非得讓小柊親口說出這兩句話不可。而要讓他說出這兩句話有多麼不容易，妳們兩個一定比誰都清楚。」

「呃……」花乃子姐姐皺了眉頭。「你講得沒錯。雖然有旁人的幫助，但還是必須讓他自己做出這個重大決定。」

「終究是大事，猶豫也是難免的。」

「說得也是。」

花乃子姐姐和小柾哥哥都點著頭。

「所以，就算毫無預警地推他一把，『明天要相親！像個男人做出決定！』若是他本人沒有那麼強烈的勇氣，說不定到了當天都還推三阻四地不敢去。為了讓他自己下定決心，我這邊必須做些準備，大約需要三週時間，快的話說不定兩週左右就完成了。」

我雖然聽懂了小柾哥哥的意思，但對於他具體想做什麼、又要做什麼準備，卻是毫無頭緒。

「我明白你的意思了。這話確實有道理，但是你所謂的準備，目前還不能讓我們知道是什麼，對吧？」

「不能講。我一個人單獨進行。」

「我可以放心交給你去做吧？」

「相信我，儘管放心。喔，中間或許需要芽依幫個忙。」

「我嗎？」

「對。」

小柾哥哥點頭。為了小柊哥哥和美海姐姐的幸福，我當然得奮力相助嘍。

「需要我幫什麼忙呢？」

「以後再告訴妳。總之，小柊的事交給我，姐姐負責先去向二宮家商討相親的事，千萬不能讓小柊和美海知道。一等我這邊準備就緒，立刻執行！」

總而言之，我和花乃子姐姐光是研究該如何在瞞著小柊哥哥和美海姐姐的前提下偷偷進行相親的事前準備，就一個頭兩個大。

兩家住得那麼近，做的也都是從早到晚沒休息的生意，而小柊哥哥和美海姐姐也同樣一整天待在家裡。我們絞盡腦汁思索，到底該和二宮家約在什麼時候的什麼地方，才不會讓那兩個人發現呢？

「會面時間，只能訂在打烊之後了。」

「是啊，兩邊的公休日都不一樣。」

可是，若用打烊後去和二宮夫妻小酌兩杯的藉口根本行不通，因為花乃子姐姐從未和二宮夫妻有過這樣的聚會，就連二宮夫妻本身也從來不曾聯袂出門飲酒，這是海斗說的。要是做出這種奇怪的舉動，反而會引起美海姐姐和小柊哥哥的懷疑。

「在這附近見面也不妥當，要不要約在東京呢？」

「這個嘛……」花乃子姐姐想了想。「打烊以後大老遠跑去東京實在很不尋常，恐怕行不通。他們一定納悶去那裡做什麼。」

「這件事看似簡單卻好困難喔。」

「是呀。……好！」花乃子姐姐用力點頭。「找名取幫忙吧！」

「弘樹哥哥？」

位於一丁目的名取皮鞋店的名取弘樹先生，花乃子姐姐的同學。

「名取和二宮老闆同樣是商店街自治會的幹部，經常見面。請他拿有事商量的藉口將二宮夫妻約出來。這是常有的事，美海不會起疑。」

「對喔。而且弘樹哥哥也絕不會走漏風聲。」

「沒錯。到時候我們過去會合。地點的話我想想……嗯，就選在赤坂食堂吧。」

「赤坂食堂？」

「嗯。」花乃子姐姐點點頭。「從很久以前，那附近的La Française、柏克萊、政拉麵就曾聚在一起討論赤坂食堂繼承人選的問題。那家食堂的辰爺爺和梅奶奶年事已高，卻沒有人能夠接手。」

「說得也是。」

我之前聽過，赤坂食堂的爺爺奶奶的兒女在其他地方當上班族，而孫子小淳則成了刑警。

「在這條小商店街上經營餐飲業的商家，如果菜系重疊可就不好了。目前花開小路商店街上的餐館各有專精的領域。為了不破壞這項平衡，一些店家從以前就開始討論赤坂食堂接下來該怎麼安排才好。」

「原來如此。我聽說柏克萊是赤坂的親戚？」

「沒錯。所以他們特別關心這件事。」

如果在這條小商店街上的餐廳統統菜色類似，的確會影響營收。

「就假裝是打烊後要談的是這件事吧。然而實際上，會面的只有我和二宮家的父母而已。」

「赤坂食堂的辰爺爺和梅奶奶會答應讓我們在打烊後進去店裡談事情嗎？」

「沒問題。這兩位爺爺奶奶可是『商店街的仁義之心』呢！」

「『仁義之心』？」

我雖然懂表面上的字義，可是那什麼意思啊？花乃子姐姐嫣然一笑。

「以後妳就明白了。總之，赤坂食堂的辰爺爺和梅奶奶儘管放心信任，他們也一定會一口答應出借場地的。商借那裡還有另一個好處，別忘了三毛家就在後面。」

「啊，對喔！」

三毛姐姐固定在打烊後的赤坂食堂店門前現場演唱。

「所以我們兩個只要說要去找三毛，小柊不會懷疑的。」

有道理。如此一來就萬無一失了。

隔天，花乃子姐姐致電 La Française 的二宮伯伯。兩邊本來就常通電話討論花卉擺設，所以美海姐姐也不覺得奇怪。

花乃子姐姐告知：有要事需要商討，但不能告訴美海小姐，也不能讓她察覺有異，所以稍後弘樹先生會先過去表示今晚將在赤坂食堂討論事情，實際上是我邀請兩位會面的。

這件事就這樣安排好了。

赤坂食堂打烊以後，我和花乃子姐姐先到三毛姐姐家，等三毛姐姐開始表演之後，再從後門溜進赤坂食堂。

「不好意思，感謝爺爺奶奶答應這麼無禮的請求。」

花乃子姐姐先致歉。梅奶奶笑著說：

「沒事的，別在意。聽說是喜事？儘管慢慢聊唷。」

姐姐以前告訴過我，別怕辰爺爺總是板著一張臉，他其實非常和藹。但他每次見到我們這些孩子都是笑咪咪的，我沒見過他繃著臉的模樣。

今晚進去時，辰爺爺正在讀報，一見到我，同樣又咧嘴笑了。

「芽依，功課準備還順利嗎？」

「很順利。」

「很好。」辰爺爺點頭稱許。「要是遇到什麼煩惱，儘管找我家的小淳，任何事他都可以幫妳解決的。」

「謝謝爺爺！」

我之前聽說過，每逢輪休日，梅奶奶總讓小淳刑警幫忙解決街坊鄰居委託的事情，而且是五花八門的困擾。難得的輪休日，真的好辛苦。今天也一樣，都這麼晚了他還沒回來。刑警的日常工作其實和電視上演的相差很遠，是一份非常辛苦的工作，畢竟要負責犯罪搜查的重任嘛。

不久後，二宮夫妻也來了。大家先在客廳寒暄一陣，接著移到店裡的桌座談正事。梅奶奶為大家沏了茶。雙方在桌子的兩邊入座後，花乃子姐姐和二宮夫妻都有些不好意思地笑了。

「海斗告訴我們了。」

二宮伯伯笑著說。是的，我拜託海斗先轉告這場會面的目的。

「真的非常失禮。令嫒的終身大事，卻用這樣的方式進行，在此致上十二萬分的歉意。」

花乃子姐姐彎身致歉。海斗的媽媽，也就是江見伯母，連忙擺著手讓她別客氣，笑著說：

「從海斗那裡聽到這事時，我和孩子他爸都很高興『沒想到還有這個方法！』我家美海那麼內向，可是只要一提到小柊君，誰都看得出她一臉喜孜孜的。」

二宮伯伯也露出苦笑。

「身為父母總不好過問女兒的感情問題，孩子的媽有時候會鼓勵美海不妨主動約小柊君出去約會呢。」

這樣哦。可是，兩個當事人還是不敢靠近對方。

「唔，關於這件事……」二宮伯伯挺直了腰桿。「花乃子，噢不，花乃子小姐。」

「是，您請說。」

「我在這裡出生，從父親手中接下那家店後重新裝潢開幕，到現在已經超過二十年了。妳也是我看著長大的。承蒙令尊令堂的關照，開店那天還送來這麼大的花圈為我們慶祝。」說著，二宮伯伯張開手臂比了個好大的手勢。不一會兒，他臉上的笑容化為一聲嘆息。「從那一天起，我們一路看著妳一個人拚命奮鬥到今天。」

花乃子姐姐輕輕點頭。二宮伯伯和江見伯母都露出溫柔的微笑看著花乃子姐姐。

「多虧有妳的堅持和努力，小柾君和小柊君才能夠長成如此正直的好青年、同心協力撐起這家花店。這一切我們都看在眼裡。妳不僅是姐姐，還身兼母職，真的做得很好，真的辛苦妳了。」

「不，您過獎了。」

花乃子姐姐輕輕搖了頭。我彷彿在她的眼角瞥見淚光。看著她的江見伯母也眼眶泛淚。我鼻頭也酸酸的。

「我們非常贊成相親。這句話或許說得過早，如果小柊君和美海順利結婚，二宮家能與你們姐弟，也就是韮山家結為姻親的話，再沒有比這個令人高興的事了。在天國的韮山先生太太也一定會很開心、很安心的！」

二宮伯伯的眼中也湧出了淚水。

從二宮伯伯的這番話中可以聽出，他們和花乃子姐姐的爸爸媽媽過去一定交誼深厚。
所以，La Française 才會多年來始終委託我們布置花藝。
「我們欣然接受這場相親，請多多指教。」
「萬分感謝！」
花乃子姐姐和二宮伯伯與江見伯母互相鞠躬致意，我當然也跟著做了。
「可是……」花乃子姐姐輕輕拭了淚水，笑著說，「這句話或許有些不合時宜，不過，小柊真的配得上令嬡嗎？」
「哪兒的話！」
大家都笑了起來。
「我方才也說過了，小柊君是個心地善良的好孩子。雖說確實比別人來得穩重許多，但該怎麼說呢，那就是他的性格嘛。」
「是哪，我家美海應該就是喜歡他這一點。我到現在還記得呢。就是我家那隻米羅死掉的時候，小柊君抱了好多好多花過來。」
「噢，我也記得那件事。」
我不知道這件事。後來姐姐告訴我，小柊哥哥還在讀小學的時候，美海姐姐家養的那隻名叫米羅的狗死掉了，她傷心得嚎啕大哭，小柊哥哥想安慰她，於是從店裡搬了許多原本是要當商品賣的花過去送她。

「他真的非常體貼，人人都曉得。這可不是拿小柾君做比較唷。」

「非常感謝二位的稱讚！」

花乃子姐姐又一次低頭致謝。

畢竟是親弟弟。在花乃子姐姐眼中，小柾哥哥和小柊哥哥都是疼愛的弟弟，更是自己必須永遠守護的寶貝弟弟。

相親一事已經安排妥當了。

地點當然訂在打烊後的 La Française。雙方都是家人出席陪同相親。一開始是全員到齊，後半段讓他們當事人聊一聊時，只剩我和海斗陪著。

美海姐姐雖然才二十一歲，但一直在店裡工作，已經出社會很久了，只要當事人有那個意願，雙方家長都同意他們可以立刻結婚。二宮夫妻還說，若是需要她到韮山花坊一起工作也無妨。反正兩家店距離很近，用跑的兩分鐘就到了，只需要午餐的尖峰時段回到 La Française 幫忙就可以了。小柊哥哥和美海姐姐兩個當事人都不在場，反倒是我們這些敲邊鼓的聊得口沫橫飛，樂不可支。

小柾哥哥提出的要求也都照實轉告二宮夫妻了。雖然覺得有些不解，他們還是決定相信雙胞胎哥哥的想法，同意靜候知會。除此之外，雖然沒讓二宮夫妻知道跟蹤美海姐姐的人其實是調查員，但花乃子姐姐私下拜託三毛姐姐去調查公司請他們在調查報告書上增列一條：美海小姐已有意中人，近日即將訂婚。我們儘管無法阻止對方在收到這份報告以後還是登門求親，不過事情已經推展到這個程度，應該不會橫生枝節了。

所以，接下來只等小柾哥哥準備就緒。真希望他可以及早安排妥當。每次和小柾哥哥去送貨時，總得拚命忍住那句「還沒好哦？」的詢問脫口而出。

不過，就在和二宮夫妻會面談妥相親的四天後，我和小柾哥哥單獨出門送貨，送完貨後是中午於是在外面吃了飯才回店裡。就在回程的路上。

小柾哥哥忽然說：「我們去個地方吧。」正想著要去哪裡呢，沒想到他載我來到了櫻山公園的觀景台。

我們坐在長椅上，扭開買來的飲料瓶蓋，兩人同時喝了一口。

今天的天氣有點陰。這陣子天天都是大太陽，這樣剛剛好。

「小柾哥哥。」

「嗯？」

「準備得怎麼樣了？」

還是忍不住問出口了。我猜，小柾哥哥帶我來到這裡，應該是要談這件事。小柾哥哥點點頭。

「還沒好，再等一下吧。」

「可是中元節那天要辦榛學園老師的歡送會，要是在同一天恐怕忙不過來。」

我不能讓小柾哥哥知道我們為了歡送會所做的私下安排，只能說成表面上的花藝布置工作。

「嗯，我也曉得，要是撞期就麻煩了，會盡量排開的。」說完，他暫時打住，拿起寶特瓶又灌了一口，然後說：「芽依……」

「嗯？」

小柾哥哥看著我。只見他一臉正色。

「我想利用小柊相親的場合，讓姐姐做出決定。」

「讓花乃子姐姐做出決定？」

做出什麼決定？小柾哥哥露出微笑。

「以妳的聰明才智，應該已經知道信哉兄和我姐姐的事了吧？」

「啊！」

糟糕……。

小柾哥哥交代過我不要多問，等花乃子姐姐親口說出來，而我卻擅自去調查了。我頓時猶豫著該怎麼回答才好。

「對不起。」

「為什麼要道歉？」

「我沒有問花乃子姐姐，而是因為某件事有很重要的關連，所以自己去調查了。」

「不必道歉啊。」小柾哥哥說。「這件事幾乎所有花開小路商店街的大人都知道，妳早晚會聽他們提起，況且我本來就覺得妳會自己找人問，沒關係的。」

小柾哥哥點著頭安慰我。

可是，他剛才說想讓花乃子姐姐做出決定，難道是……？

「哥哥說的決定，是指信哉師父和花乃子姐姐的事？」

「沒錯！」他用力點頭。「這個決定當然得看當事人的意願，但這同時是我和小柊的問題。」

「兩個哥哥的問題？」

「我們的父母的確是搭信哉兄駕駛的車而車禍身故的，信哉兄認為我和小柊不會原諒他，就算得到我們的諒解，他仍然決定要一生背著這副枷鎖贖罪。關於這點，我什麼忙都幫不上，那是信哉兄個人的意願，我們沒辦法改變他。我和小柊唯一能夠做的是……」他頓了頓，才接下去說：「我們只能告訴信哉兄，我們這邊已經整理好自己的情緒了，請他也跨過心中的那道障礙，讓我姐姐幸福。」

「幸福……」

小柾哥哥的意思是——希望兩人結婚。

他們從學生時代就是大家公認的情侶，也是未婚夫妻。

「我當然無法強迫他這麼做。可是這兩人處於這種不正常的狀態已經長達十年了，我相信他們也很希望能決定下一步該怎麼做，可是兩人都不曉得該如何面對那種負罪感，所以，要為他們製造契機。」

「用小柊哥哥的相親做為契機？」

「那是其中一個契機。」

「其中一個？」

「暫時不能透露。只能說和我正在進行的準備有關。」

準備……。

「咦，等一下，哥哥之前不是說，那是為了讓小柊哥哥下定決心而做的必要準備嗎？」

「嗯。」

「而那項準備，也和花乃子姐姐與信哉師父有關？」

「就是這麼回事。」

我一點也不懂究竟是怎麼回事。小柾哥哥到底有什麼計畫呀？

「過陣子再告訴妳。但是，我覺得光是這樣還不夠，只靠我正在做的準備，似乎還不足以讓姐姐和信哉兄下定決心，還需要再加把勁。」

再加把勁？

「該怎麼做？」

「我希望妳幫忙一起想想看。」

要我幫忙想？

「任憑我左思右想，我這個弟弟實在不曉得該怎麼讓姐姐在身為一個女人的時刻得到最大的感動。

反正呢……」

小柾哥哥突然露齒而笑。我最近漸漸領悟到，當一個型男給出這樣的笑容時女人會當場腿軟。

「……妳們兩個和三毛小姐常常偷偷摸摸湊在一起做些什麼，對吧？」

「啊？」

「用不著掩飾了，我和小柊早就知道啦。在妳還沒來之前，姐姐就常神祕兮兮地和三毛小姐在一起做些什麼了。雖然不知道妳們在做什麼，但一定很重要。」

原來早就曝光了哦。不過，聽哥哥的語氣，他們應該看不到花乃子姐姐瞳孔裡的太陽花。

「我和小柊討論過，妳們在做的事應該只有女人才懂。所以嘍，既然妳了解女人心，就幫忙想想看吧。」

小柾哥哥讓我想一想，該如何讓花乃子姐姐和信哉師父得到幸福。

好難哦。

我當然希望他們能夠得到幸福，也明白小柊哥哥的相親是個很好的契機。

可是，該怎麼做才好呢？

「啊，芽依。」

送完貨回到店裡，花乃子姐姐剛做好一個小花束。

「不好意思，才回來又要請妳跑一趟，可以幫忙把這個送到聖伯家嗎？」

「聖伯？」

原籍是英國老先生的那位聖伯，也是亞彌姐姐的父親。

「還有，聖伯邀請妳和他一起喝個茶。」

「喝茶？」

聖伯是一位瀟灑又和藹的老先生，我當然很樂意陪他一起喝紅茶嘍。花乃子姐姐笑了笑。

「聖伯很喜歡孩子，你們一定會成為好朋友的。去那邊順便休息一下吧。」

「好。我現在就去。」

我捧著花束走到花開小路商店街的四丁目，來到已經造訪過好幾趟的大廈頂樓。在聖伯家的大門旁摁下電鈴，滿面笑容的聖伯隨即打開門歡迎我的到來。

「讓妳來這趟，不好意思啊，請進請進。」

屋裡已是濃郁的紅茶香。這味道真讓人喜歡。

「來，請坐。抱歉，打斷妳的工作了。」

「不會，沒關係的。」

這沙發坐起來好舒服喔，是不是也是英國製造的呢？只見聖伯從廚房端來了紅茶。

「芽依小姐。」

「您請說。」

「今天請妳專程來，是有些話想和妳談談。」

好的，洗耳恭聽。

「有一個組織叫做『青少年育成諮詢會』，而我在那裡擔任會長。」

「『青少年育成諮詢會』？」

聖伯緩緩地點頭。那個組織和我有什麼關聯嗎？

「組織名稱太古板了，無奈沒辦法改。因為指導單位是市政府和教育委員會。那種地方的官僚個個食古不化，讓人避之唯恐不及。無奈人上了年紀，總有擺脫不了的種種人情義理的羈絆。羈絆這個字彙懂嗎？」

「呃……」

我不知道，於是老老實實搖搖頭。

「不懂。」

聖伯和藹地笑了。

「誠實至上，非常好。所謂的羈絆，是指人活著的時候，會漸漸增加許多在人際關係上的連結，而這些連結是無論怎麼掙脫都掙脫不開的。舉個極端的例子，如果芽依小姐日後和花乃子小姐關係變差了，即便妳想斷絕和她的一切關聯，可是這仍然無法改變妳們是表姐妹，並且是住在一起吃同一鍋飯的工作夥伴的事實，儘管這個事實相當沉重。這樣了解嗎？」

聖伯看著我的眼睛。嗯，好像有點懂。原來羈絆是這個意思。當然了，我絕不可能和花乃子姐姐斷絕一切關聯的。

「所以，我只好拖著這副老邁的身軀，協助這個鎮上懷著青春煩惱的青少年們，為他們照亮人生的道路。坦白說，人生之路不該是由別人照亮的，況且我也不是那麼偉大的人物。不過，我倒是可以陪著說說話。有時候僅僅是說出自己的想法，就可以從中找到新發現。」

這是我第一次和聖伯聊這麼久。不知道為什麼，心情非常平靜。也許是因為聖伯的聲音。非常溫柔，卻又鏗鏘有力的聲音。而且表情和動作十分豐富。我想，或許是外國人的緣故吧。

「這麼說，您想問的是我高中輟學的事，是嗎？」

「唔。」聖伯頷首。「芽依小姐已經根據自身的意願在花乃子小姐那裡工作了。關於這點，我無從置喙。」

聖伯的日語非常流利，唯一會讓我想起他終究是英國人的時刻，就是當他把我的名字「芽依」讀成「呀咿」、把「花乃子小姐」讀成「花哪枝小姐」的時候了。

「只是，芽依小姐還年輕，未來仍有無限的發展潛力。雖然暫時告別了高中生涯，然而那是有不得已的苦衷，並不是厭惡上學這件事本身，是不是？」

「是的。」

沒錯，我其實喜歡上學。

「我喜歡和同學一起上課、一起聊天，在學校也交到了好朋友。」

「唔。」

聖伯讚許地笑了。蓄著鬍鬚的老人家點頭說「嗯」的時候，聽起來總像是「唔」。

「既是如此，是否願意和學校老師談一談呢？」

「學校老師？」

「聽過一所名為榛學園的學校嗎？那是這個小鎮歷史最悠久的一家私立女子完全中學。」

哇，怎麼會突然提到榛學園呢？

「我聽過那所學校。」

「有一位在該校任教多年的教師前些時候退休了。這位老師目前和我一樣擔任青少年的諮詢員，或許可以提供一些行政上的協助。妳明白這句話的意思嗎？」

「我明白。」

聖伯滿意地頷首。

「不是非去不可。如果芽依小姐仍想繼續高中生涯，不妨和那位老師談一談。當然，並不是談過話就一定可以如何，也絕非保證入學。此事尚須徵得監護人的同意。只是，這場談話對於拓展妳未來的可能性應當有所裨益。」

「請問那位退休老師的大名是？」

「松崎老師。噢，現在已經退休了，應該換個稱謂了。她是松崎綾乃女士。」

嚇死我了。

瞠目結舌驚慌失措。

雖然是極度瞠目結舌驚慌失措，但我很努力不讓聖伯看出我的訝異。我也不曉得為什麼要強自鎮定。

有機會和綾乃老師見面說話了。

這真的是偶然嗎？

還是……？

「不必立刻答覆。」聖伯接著說道：「話說回來，似乎也不是需要煩惱的問題。只是見個面說說話而已。假如談過以後沒有意願儘管當場婉拒，若是需要回去思考一下也無妨。不知妳意下如何？」

十　續・圓葉白英×馬鞭草

這……。

聖伯讓我和榛學園的綾乃老師談話！他問我有沒有意願去見個面聊一聊！我的腦袋瓜裡彷彿有一堆磚塊似的物體砰砰砰地組合疊出了一個個的文字。

（三毛姐姐說會去央託那位像是師傅的人和綾乃老師見面）

（這麼說）

（那位像是三毛姐姐師傅的人）

（難道是聖伯？聖伯就是三毛姐姐的師傅？）

這是唯一的解釋。否則怎麼會在這麼巧的時機點突然如此提議呢？

不對不對，再讓我想一下。這個推理太跳躍了。聖伯已經是位老先生了，在歸化為日本人之前是英

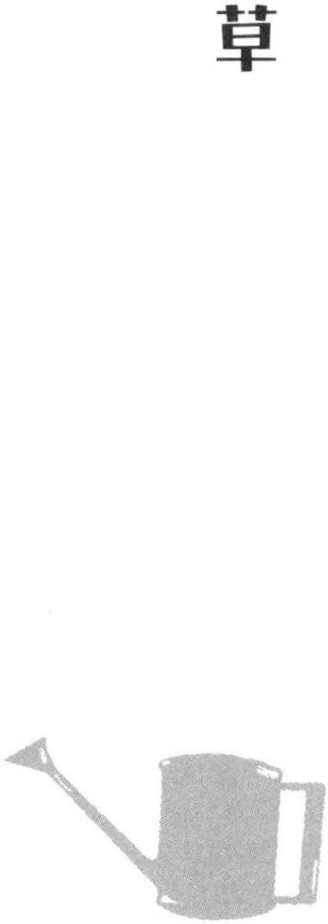

國人，職業是模型家，他的生活根本和三毛姐姐那種偵探似的行動模式沒有任何關聯。

而且，如果聖伯就是三毛姐姐那位類似師傅的人，我不懂有什麼隱瞞的必要。都是住在附近的鄰居嘛。

「不好意思，我可以請教一個問題嗎？」

聖伯露出微笑。

「想問什麼都可以。」

「請問您擔任那個『青少年育成諮詢會』的會長已經很久了嗎？」

「唔。」聖伯頷首。「算來已有二十五年了。多次想卸下重任卻被一再慰留。」

「那麼，您和那位松崎老師已經認識二十五年了嗎？」

「不。」

聖伯微微搖頭，接著端起紅茶杯啜了一口。老先生老太太們的動作總是如此緩慢。

「不只二十五，應該超過三四十年了。約莫從松崎老師剛剛進入榛學園執教時，我們就認識了。」

原來已經認識那麼久了。這麼說，或許聖伯並不是刻意找個藉口和綾乃老師會面，也和三毛姐姐沒有任何關係，只是湊巧罷了。

聖伯微笑著對我說：

「一方面是基於會長的職責，再者自從妳搬來這地方以後，我一直關心著這位青春可愛的芽依小姐喔！」

呃，我知道自己並沒有長得那麼可愛……。

「但如同方才提到的，芽依小姐目前樂在工作，沒有什麼比尊重本人的意願更為重要。只是，松崎老師自從榮退之後有了不少空閒時間，如今依然持續積極思考規劃榛學園的未來發展。芽依小姐……」

「是，您請說。」

「這位老師秉持的信念是，學校是由師生所組成的，而那些師生進一步形成周邊地區，繼而造出整個國家。這樣明白嗎？」

「好像有點明白。」

聖伯緩緩地點了頭。像這樣面對面注視著交談，更能感覺到聖伯的動作真的很優雅，這就是所謂的英國紳士吧。

「何況榛學園是女校，女性會產下孩童，孩童便是創造新世代的人群。因此，學校培育出優秀的人、優秀的女性，與能否精實壯大日本可說是休戚相關。每一回見面，這位老師總是憂心忡忡地論述這些觀點，由此可見她治學之嚴謹。然而，她並不是位老古板，而是相當幽默風趣的女性。我認為，這場會面一定對芽依小姐的未來有很大的助益。」

「我要見她！」我不由自主地說出口，「噢不，是想求見老師！請給我，呃……聆聽教誨的機會！」

聖伯和藹地笑了。

「那麼，我來安排。」

我急著回到店裡把花乃子姐姐拉到一邊偷偷地告訴她剛才發生的事，花乃子姐姐也嚇得張口結舌。

「聖伯？」

「對呀。」

花乃子姐姐趕緊傳訊給三毛姐姐，問她：**妳的師傅該不會是聖伯吧？**

回覆的訊息卻是這樣的：

（我不是說過他的身分必須保密，那又怎麼可能會是聖伯呢？）

說得也是。如果真是聖伯，像這樣直接邀我去找綾乃老師，那還有什麼祕密可言呢？

（這一定是宛如我師傅的那一位的精心布局。他巧妙藉助聖伯的身分，又或者是央託聖伯代為安排，其中的細節我也不清楚。總而言之，這機會求之不得，其他就不必多慮了。）

「讓我們不必多慮，可是這個方法實在太高明了。」

花乃子姐姐把訊息拿給我看的時候不禁讚嘆。

「真的很高明！」

雖不知道三毛姐姐的師傅是何方神聖，但他卻有辦法立刻出動花開小路商店街上首屈一指的知名人士聖伯來居中安排。臉上表情複雜的花乃子姐姐點了點頭。

「不知道該不該相信三毛的話。總之，讓人佩服得五體投地。」

「為什麼會說『不知道該不該相信』呢？」

花乃子姐姐無奈地笑了笑。

「我不曉得該怎麼說。只是覺得三毛的行動牽涉到許多不便對外透露的隱情，所以我也不好意思多問了。反正我太佩服了！」

「佩服……」

「無論從哪個角度看都相當高超。不覺得一切水到渠成嗎？由於芽依自己離開了學校，這才有理由和原本找不到任何交集的綾乃老師會面，這項安排相當自然，沒有絲毫勉強。」

是呀，的確是這樣。雖然如此，還是不能排除聖伯就是猶如三毛姐姐師傅的那個人的可能性。不過，那件事不重要，或者說暫且把它擱置一旁。

「花乃子姐姐也要一起去見綾乃老師嗎？聖伯說，花乃子姐姐可以用監護人的身分陪同出席。」

花乃子姐姐偏著頭想了想。

「我該不該去呢？……妳一個人去怕不怕？」
「不怕，沒問題。」
「嗯。」花乃子姐姐點了頭。「那，或許妳自己去比較好。我是承攬榮退歡送會花藝布置的花店老闆，當談到相關話題的時候，很可能會因此而使得老師反而閉口不談最關鍵的部分，那就傷腦筋了。」
「對哦。」
「不過呢，芽依。」
「嗯？」
「我認為綾乃老師想知道的是，妳是否滿足於目前的生活狀態；是否想重返高中生涯；是否喜歡像現在這樣工作，也就是說成為社會人士等等的問題。妳有沒有把握在這樣的話題之中，想辦法問出關於榮退歡送會和那光榮五女將的情報？」
「我有把握！」
信心滿滿。雖不知道這股自信從何而來，但統統交給我一個人去做吧。
儘管放馬過來！

兩天後，我和綾乃老師在她的房間會面了。

她雖然已經從學校退休了，仍然住在校區裡的老宿舍裡。一位退休教師能夠得到學校的允許繼續住在校園裡，真的很不簡單。光枝老闆娘說過綾乃老師是榛學園的精神支柱，這個形容看來一點都不誇大。

那幢曾是宿舍的樓房比想像來得小。既然說是遺跡，我想原本應該是一棟規模更大的宿舍，後來經過拆除，只留下現存的局部結構而已。建築整體皆為磚造結構，外牆青苔滿布，藤蔓攀附，散發出一股異國風情，彷彿來到了聖伯生長的故鄉英國。我對英國其實並不熟悉，只是有這種感覺而已。

「這棟建築什麼時候看都是這麼美。經過歲月的淘洗，依然保留其最美的身影，實在太好了。」在我身邊的聖伯說道。「我深愛日本這個國家，甚至為此成為日本人，唯一覺得應當改善的便是關於建築保存。」

「您認為建築保存方面應該改進嗎？」

「唔。」

聖伯頷首。由於聖伯太高了，像這樣並肩而立時，我必須像長頸鹿一般努力把脖子伸得長長的和他對話。

「日本的美麗建築，比方在京都和奈良那些古都的木構寺院都完好地保存下來了，非常好；然而我認為，還有私人住宅以及高樓大廈，也應當視為當代生活寫照的象徵，完整地留存下來才對。行政機關本應致力主導，積極推動，無奈日本的政治自明治維新以來幾乎毫無變革，不盡人意。」

「您說明治維新嗎？」

這個名詞我聽過，只是不知道詳細內容。只是我沒想到會突然提起這麼陌生的話題，有些不知所措。兩人目前站在有著三角屋脊的宿舍木門前。高大的聖伯低頭看著我，微笑說道：

「那麼，我們進去吧。」

「噢，好的。」

約定的會面時間是下午兩點。我吃過午飯，帶著花赴約。馬鞭草，以及圓葉白英。在花店工作的我帶著鮮花做為初次拜訪的禮物，再自然不過了。

所以，花乃子姐姐的花語魔法也必定奏效。

聖伯為我拉開了厚重的木門。走進裡面，首先是寬敞的玄關，玄關連接一道木地板的寬廊，而正面則是一座木製階梯，每一個角落都是黑亮亮的，可以看出歷任住民多年來的細心擦拭與用心愛護。真的像是在電影裡看到的古老建築。只有玄關的地面是石料建材，似乎要換穿拖鞋才能入內。聖伯熟門熟路地從壁邊的拖鞋架為我取了一雙。

聖伯置身於如此古老的建築物裡，背景與人物完全融為一體。如果攝影鏡頭只對準聖伯一人，可以說是英國電影裡的主人公。

不知從何處傳來一陣喀啦喀啦的開門聲。緊接著不遠處的轉角出現了一位女士。奶油色的套裝，白色的襯衫，有著波浪弧度的銀髮。一位相當高雅的老婦人滿面笑意地朝我們走來。這一位就是綾乃老師。

「歡迎二位，正恭候大駕。妳是井筒芽依小姐吧？」

「是的，您好。」

我畢恭畢敬地鞠了躬。

「妳好，歡迎。快和聖伯一起進來吧！」

綾乃老師打開了一扇緊鄰玄關的房門。

「打擾了。」

進去一看，房間並不大，窗子的形狀倒是挺有趣的，想必是這個房間本身是五角形或六角形的緣故，所以一扇扇窗都是呈細條狀。我想，應該是外國的老建築物常見的那種五角形或六角形的塔狀房間。除此之外，連桌子也是六角形的，是一張沉甸甸的骨董桌。奶油色的牆上有著許多幅裱框的畫作與照片，大小不一。像這樣擺滿牆面我覺得滿好看的。一只小衣箱擱在牆邊，上面也擺著相框。

「我現在去沏茶。芽依小姐也喝紅茶好嗎？」

「好的，謝謝您。我來幫忙。」

「噢？」綾乃老師笑著說，「謝謝妳呀，不用了。妳今天是客人，坐著就好。」

「不好意思，謝謝您今天的招待，帶了一些花想送給您。如果方便的話，可以借隻花瓶插上嗎？」

「哎呀，真好看！」老師欣喜地瞪大了眼睛。「這花叫什麼名字？」

「這是馬鞭草，另一個是圓葉白英。」

「我沒看過這種花，小小的真可愛。謝謝妳呀，我很喜歡。那麼，請隨我到廚房。」

老師推開一扇木門，門的後面是一間小廚房。這裡也同樣猶如電影裡的異國風格。這幢宿舍的裡裡外外應該都是這樣的設計。

老師從底下的櫃子裡取出一隻玻璃花瓶，我裝了水後插上圓葉白英。帶來的馬鞭草是盆栽，所以直接擺在桌子上。

數了一下才確定是六角形的那扇窗是凸窗，於是把圓葉白英的花瓶放在那裡。

陳設完成了。這樣就能開啟綾乃老師緊閉的心扉了。並且，我也能夠辨明真偽，不會受到任何瞞騙。

正想著怎麼沒看到聖伯，這才發現窗邊有一道小門可以通往院子，聖伯就站在那裡抽著菸。這才想起來聖伯平常會吸菸。接著又想到他是穿什麼鞋去院子的呢？往下一看，原來地面鋪有木板，和陽台一樣，還站著一支像是骨董的高腳菸灰缸。從聖伯對這裡的陳設瞭若指掌看來，他一定造訪過很多次了。

「讓兩位久等了。」

綾乃老師端著托盤回到起居室，聖伯也算準了時間似地回到屋內。三人在椅子落座後，綴著花卉圖案的茶杯分別擺到面前，紅茶的香氣氤氳升起。

「香氣真不錯。」

聖伯端起茶杯時說道。

「知道您今天來，特地拿出珍藏的茶葉呢。」

「謝謝了。」

沒有音樂，只有靜謐房間裡的輕聲對話。我望著老師，又看向聖伯，心中很感動——當我上了年紀以後，能否和他們兩位一樣散發出沉穩而閑靜的氣質呢？

聖伯和老師開始閒話家常，問候彼此近來的健康狀況、前些日子造訪過哪些地方、芽依小姐也去過嗎云云。又說起聖伯在英國有間屋子而那裡發生過哪些事，以及綾乃老師年輕時是個曾經手握長柄大刀撂倒歹徒的勇猛女子。兩位都是談話高手，我在一旁聽得津津有味。

不知不覺間，老師問起了我為什麼想輟學，而父母親對此有什麼想法，我都一一回答了。很自然地就說出口了。

沒有絲毫緊張，也沒有丁點難以啟齒。我想，必須感謝兩位儒雅的談吐，以及自在的氣氛。

「嗯，韮山花坊。我也去那裡買過幾次花。」

「您來過店裡嗎？」

「噢……」綾乃老師側著頭想了想。「很久以前的事了。當時韮山先生和太太還在店裡的時候。」

那是阿姨和姨丈還在世的時候，也是花乃子姐姐以及小柾和小柊哥哥還是小孩子的時候。

「現在花店看起來仍是原來的樣子。店面雖然不大，但是十分溫馨。各行各業都是這樣的。店主的人品，決定了那家店的感覺。人品不出眾的店家是無法長久經營的。花乃子小姐是一位相當出色且有才幹的女性。我認為芽依小姐是在一個非常美好的環境中工作。」

聖伯說完以後，綾乃老師也點了頭。

「曾經是學校老師的我，其實不該說出這樣的話，然而在校求學並不是人生的一切。芽依小姐自己做出了在花店工作的選擇，這是非常有勇氣，也是值得讚美的舉動。」

「不敢當，您過獎了。」

真相是我從學校逃出來了，所以實在不敢承受這樣的稱讚。

根據綾乃老師的說法，她想對我說的話，就和聖伯前幾天告訴我的一樣。只要通過榛學園所規劃的相關測驗與面試，像我這樣的中輟生也可以入學就讀。綾乃老師問了我在前一個學校期間的學業成績，聽了以後她認為入學應該毫無問題。

我忽然隱約覺得，有那麼一點覺得，就是現在了。

「請問老師教過的學生當中，也有像我這樣的，呃，比較傷腦筋的學生嗎？」

我用開玩笑的語氣請教，而老師無奈地笑了。

「芽依小姐絕不是傷腦筋的學生，而是非常勇敢堅強的女孩呢。這點從交談中可以清楚感覺到。當然了，人人各有不同的性格，有文靜的，有穩重的，也有淘氣的，每一個都是我可愛的學生。」

「我目前住的那條花開小路商店街上有一家名為寶飯的中菜館，那裡的老闆娘也是這裡的校友——光枝女士，當時是曾田光枝同學，聽說也是老師您的學生。」

綾乃老師大大地點頭。

「對，我記得她。這回要和芽依小姐見面前我想起了她，已經先找出來了。稍等一下喔。」

老師起身取來擱在牆邊那個衣箱上的像是紀念冊的皮革封面書本。

「這是曾田光枝同學那一屆的畢業紀念冊。」她緩緩地揭開一頁。「瞧，這就是曾田光枝同學。我還記得她是個非常開朗的學生，也很照顧身邊的同學，總是讓大家充滿笑聲。我認為她當餐飲店的老闆娘再適合不過了。」

聖伯也點了頭。

「寶飯中菜館的菜餚非常美味，想必光枝老闆娘的開朗也是美味的祕訣之一。」

紀念冊上的光枝老闆娘看起來好年輕喔！——下一秒我馬上提醒自己：不不不，劃錯重點了。機會就是現在！

找到了！中野理惠女士。光枝老闆娘的同學暨摯友，三毛姐姐也查到了她當年叫做坂川理惠。正是榮退歡送會的籌備幹部，亦是光榮五女將的其中一名。

她的相貌和現在有著驚人的相似。光枝老闆娘則稍微豐腴了些。

「這一位之前來過店裡。」

「哎呀，是坂川同學呢！我對她的印象非常深刻。」

「她來委託我們承辦榮退歡送會的會場花藝布置。」

不知道什麼時候，聖伯悄悄起身站在牆壁前了。我吃了一驚，剛剛不是還坐在我旁邊嗎？

「您提到的那一位，」聖伯的聲音相當宏亮。「是否就是創作出這幅精彩畫作的學生呢？」

聖伯指著一幅圖。那是一張風景畫。我一進門就注意到這幅畫了，覺得很好看。這幅畫作會不會在比賽中得了獎呢？難道掛在這裡的畫都是得獎作品？

就在這一瞬間。

我感覺到不一樣了。

甚至連聲音都聽見了。像是某種東西轉了一圈的聲響。

然而這只是我的感覺，實際上什麼都沒有改變。

或者可以形容為空氣不一樣了。

並且，聖伯的表情也有一點不同，像是有些詫異，目光也迅速逡巡。這些變化都發生在剎那間，恐怕只有零點幾秒，但是我察覺到了。

這一切。

一定是花語魔法。

花乃子姐姐的花語魔法此刻發揮作用了。我不知道該怎麼解釋，總之我感受到了。

綾乃老師始終望著那幅畫。以「全身不得動彈」來形容此時的她再貼切不過了。聖伯緩緩地回到椅子坐下。

聖伯應該對那些事毫無所悉。他應該不是三毛姐姐的師傅。但是不能排除他是師傅的可能性。可以肯定的是，聖伯查覺到這股氣氛了。即使他不知道花語魔法，仍然與我一起靜靜地等待著「某件事情即將開始」的時刻。

「真讓人懷念哪……」綾乃老師開了口。「那已是幾十年前的事了，這幅畫也是天天看著的，現在腦海裡卻忽然浮現出當年的一幕幕。不曉得為什麼會想起那些事呢。」

「老師……」

鎮定點，芽依。慢一點，再慢一點。

馬鞭草正將鑰匙插入綾乃老師心扉的鎖孔裡，緩慢地轉動；圓葉白英正讓綾乃老師吐露出深深埋在最底層的真心話。

「您多年來一直擔任美術社的指導老師吧？許多才華洋溢的學生都來到了這個社團。」

綾乃老師緩慢地點了頭。然後，臉上的表情變得有幾分苦澀。

「才華，是殘酷的。」

「殘酷？」

「是的。」老師看著我。「執教多年的經驗令我確信，任何一個學生都擁有屬於自身生存能力的才華。舉例來說，比別人更開朗，或者比別人的笑容更燦爛。即便是這些看似微不足道的小事，都足以成為那個學生的才華。並且，那就是她生存的能力。所以我常講，重點不在於妳會什麼，而是要找出妳擅長什麼。明白我的意思嗎？」

我以點頭答覆老師的詢問。我懂老師的意思。儘管不知道是否稱得上是才華，在我的身上也一定找得到優點，而那將成為我的生存能力。這是我的理解。

「剛才說過了，寶飯中菜館的光枝同學，她的才華就是開朗。正因為她的開朗，才能在原野上綻放著美麗的花朵，謹守於自己的崗位上。」

「這麼說，老師您的才華就是教學了。」

綾乃老師微微一笑。

「確實如此。雖然稱不上是什麼偉大的能力，但我能夠看出學生所擁有的『長處』，亦即她的才華，並且澆灌水分與施予養分，幫助她開出花來。我的心情或許和芽依小姐一樣，覺得自己像在花店裡工作似的。」老師又接著說：「生存能力這種才華人人都具有，可是，藝術女神所賦予的才華卻是相當殘酷的。有才華的人與沒有才華的人宛如隔著一道峽谷，壁壘分明。關於這一點，」說到這裡，老師望向聖伯。

「您非常了解吧？在美術和藝術的領域中，才華是唯一的王道。」

聖伯緩緩地頷首。

「確實是唯一的王道。擁有才華者，無論綻放的花瓣多麼歪斜、甚或只開花不結果，其花朵所散發出的光芒仍能超越時空，贏得人們的激賞；然而不具才華者的作品，就連其存在本身亦不容於世。普羅大眾對這類作品不屑一顧，在他們的心中，這叫做——請恕我刻意用個相當負面的名詞來形容——垃圾。」

垃圾。我被這個字眼嚇了一跳。聖伯看著我，向我低頭致歉。

「我是為了讓妳容易了解才刻意使用那個名詞的。藝術當然是屬於眾生的。無論是否擁有才華，都有資格站在那座殿堂的入口，喜歡的是畫就儘管畫畫，盡情享受這個繪畫的世界、美術的世界。我無意否定這種浸淫其中的享受方式。然而，一但置身於藝術領域──

「──就必須做好心理準備，會被赤裸裸地放在所謂審美的舞台上供人品頭論足，對不對？」

聖伯睜大了眼睛，接著露出笑容。

「正是。芽依小姐果然聰明，這也是妳的生存能力之一。誠如所言，唯有擁有才華者，方有資格站上那座舞台；而在那些擁有才華者當中，又只有寥寥可數的幾個人，才能夠以像那樣精彩的作品奪得獎項。」聖伯再次將目光投向了牆上的畫。「這幅畫儘管尚未達到世界公認的水準，仍是一幅了不起的作品。創作者巧妙地揉合了十來歲高中青春時代所獨有的溫柔與狂放，再加上用色所呈現的傑出感性，入選該畫展果真當之無愧。」

原來如此，這幅畫竟是那麼了不起的作品。我只覺得好看，不懂得那麼多細節。

聽起來，聖伯知道這幅畫作，並且了解得鉅細靡遺。綾乃老師也點了頭。

「這幅畫完成的那個時期，我也還算年輕。說來慚愧，明知道自己在繪畫方面欠缺才華，我依然不甘心放棄，拚命思考該如何讓學生們的、以及我自身的繪畫才華綻放出最亮眼的花朵。」老師嘆了一聲。

「或者應該說，那叫做執念。我深陷於執念，無法自拔。」

「想必是被藝術之魔附身了。」

聖伯說道。

「藝術之魔？」

我不禁反問。聖伯微笑著看我。

「芽依小姐，那是一種很可怕的東西喔。可以盡情著迷的只有真正美麗的事物。妳有沒有仔細欣賞過在商店街上的石像呢？」

「有。」

欣賞過了。現在已經是習以為常的風景，但是剛來到花開小路商店街的那幾天真的很仔細看了。

「我覺得好厲害喔。人類能夠親手雕出這樣的石像，真的太厲害了。」

「假如妳的房間有個足夠大的空間可以容納那些石像，會不會想要放在自己的房間裡呢？」

我想了一下。

「我想要擺〈古戎的五對翅膀〉，因為那座石像感覺非常華麗。」

「唔！」聖伯大大地點了頭。「芽依小姐好眼力，能夠看出〈古戎的五對翅膀〉的華麗。擁有想要放在自己身邊的欲望，表示深受著迷，被附體了。問題是，屈服於渴望擁有的欲望倒還無所謂，若是被名為創作藝術的欲望附體了，只會陷入苦惱的輪迴，必須與那個氣餒於創作結果不如人意的自我不斷纏鬥。我想，您在那個時期也掙扎過吧？」

綾乃老師又長長地嘆了一聲。

「聖伯，芽依小姐。是的，我試圖掙扎過，最後仍舊抵擋不過誘惑，對年輕而擁有才華的她做了很殘酷的事。其結果，就是那幅畫。」

對她？殘酷的事？我一頭霧水。老師到底做了什麼事呢？只見聖伯慢慢起身，背著手走到牆前，看起了掛在牆上的畫。

「我曾聽您說過一段往事。美術社有某個時期成果豐碩，甚至出現了光榮五女將的稱號，而掛在這裡的畫作正是她們的作品。」

說著，聖伯又走到另一幅畫作前，停下腳步，仔細欣賞。接著再走到另一幅畫作前。然後是另一幅畫作前。

五幅畫作。

這些就是那光榮五女將畫的嗎？可是，親手繪製的得獎作，不是應該自己收藏嗎？還是她們捐贈給了學校呢？

是那五個人，中野理惠女士、山田萌子女士、西谷香代子女士、唐澤文江女士以及八田百代女士，將自己的得獎作品放在這裡的嗎？

聖伯又移動了。

他走向另一幅畫。

第六幅畫。我想起來了，三毛姐姐說過，當時綾乃老師的畫作也入選了。在聖伯逐一欣賞的這些作品中，是不是也有老師畫的呢？

「原來如此。」聖伯說道，沉吟片刻，終於開口。「這是我第一次這樣慢慢欣賞，或者說，從這樣的觀點仔細鑑賞。原來是這麼回事。」

我不明白聖伯的意思是什麼。只見聖伯慢慢地轉過身來，看著老師，而老師也看著聖伯。

「這六幅畫的作者的確是六位不同的女性，然而其實每幅畫都還有另一個人參與其中，是吧？」

都還有另一個人？

綾乃老師點了頭。

「不愧是聖伯。」

「不。」聖伯搖了頭。「我從未發現。直到方才聽了您說的『對她做了很殘酷的事』這句話，一切才豁然開朗。」

他們的對話我連一個字都聽不懂，還是得仔仔細細記下每一句話。因為現在在談論的一定是那股恨意的關鍵部分。

「芽依小姐。」

「有！」

「拿這幅畫來說吧。」聖伯指著一幅畫。「作者確實是一位女高中生，而這幅畫也的確閃耀著青春的光芒，著實有資格獲獎。其他幾幅作品也是如此。這些作品於畫面上展現出女性作者各自擁有的感性，並且化為最耀眼的一處亮點。」

「一處亮點？」

聖伯嘴角上揚，笑了。

「不愧是芽依小姐，感知力特別敏銳。在我進一步說明之前就察覺到了。」

「不是的。」

我什麼都沒有察覺到呀。

「我只是覺得『一處亮點』這個形容有點特別。」

「這就是關鍵。這六幅畫全部具有最耀眼的一處亮點。甚至說就是因為有那處亮點才使得這些作品得以在展示會中獲獎也不為過。然而，唯獨那一處亮點，是由同一位女性畫出來的。」

「您的意思是？」

「這是協同作品。」

協同作品。也就是說，是由兩個人以上共同完成的作品。

「不過，很可能只提供了極小部分的協助，或許還稱不上是協同的程度。例如這幅畫。」

聖伯指著眼前的畫作。那張圖畫的是一個貌似榛學園的女學生在房間裡——光線灑入教室，身穿白襯衫的女子以一個奇特的角度坐在椅子上。

「這幅畫最傑出而耀眼的亮點，就是這件白襯衫的顏色。這不是純粹的白色，而是既像淺奶油色又似珍珠色的獨特的白。這種白色與周圍的顏色揉合在一起，呈現出一種奇妙的氛圍。雖然技巧與構圖還不成熟，但是這個白色甚至將那些不成熟轉化成特殊的魅力。然而，調配出這種白色而賦予畫面如此效果的，並不是繪製這幅畫的女性。因為……」

「因為？」

「這五幅畫作各自最耀眼的一處亮點，其展現耀眼的風格，或者該說是令其耀眼的手法，五幅完全相同。而只有另一幅的耀眼程度，遠遠超越其他五幅。老師……」

「請說。」

聖伯邁了三步，站在最先欣賞的那張圖前。某個地方的風景畫。不知道是哪裡。有小樹林，有池塘，遠方還有偌小的磚屋。是一幅色調相當美麗的畫作。

「畫這張圖的女性，給其他五張圖提供了建議，或者可以說她憑著自己的直覺，每張圖只添上了一處亮點。」

綾乃老師緩緩地點了頭。

「是我，讓她這麼做的。」

花店打烊，吃過晚餐，我和花乃子姐姐前往三毛姐姐家。在三毛姐姐沏的紅茶香中，我說出了事情的經過。

我把今天和綾乃老師以及聖伯的談話內容，原原本本地轉述了。

聽完以後，花乃子姐姐和三毛姐姐沒有作聲，靜靜地思考。

「聖伯，實在了不起。」

花乃子姐姐微笑著說。

「我也覺得他相當了不起。」

「大家都知道聖伯在美術和藝術方面造詣深厚，目前的職業是模型家，可是也有人說他以前在英國可能是一位名聞遐邇的藝術家呢。」

「感覺很像。」

一位貨真價實的藝術家。

「要是聖伯不在場，恐怕得費上好一番工夫才能問出真相了。」

我猛點頭贊同三毛姐姐下的註腳。

「我從頭到尾等於只在旁邊聽聖伯和老師說話而已。」

「那，說完這些話以後，他們兩個人怎麼樣了？還清楚記得自己剛才講過的話嗎？」

「我正要說這點！花乃子姐姐的花語魔法真的太驚人了！」

我真的很吃驚。綾乃老師說完令自己後悔的事情之後，沉默了片刻，恰巧我們三人同時端起紅茶來，屋裡的空氣霎時又改變了。

「連聖伯也忽然換上笑容，開口問道：『對了，芽依小姐，妳喜歡榛學園這所學校嗎？』話題就這樣又回到我身上了。」

上一刻的沉重氣氛一掃而空，那兩位也彷彿忘了自己說了些什麼。花乃子姐姐微微一笑。

「這種情形已經發生過好幾次了，我自己也覺得不可思議。幸好沒在綾乃老師心裡留下陰影，真是太好了。」

「嗯！」

三毛姐姐和我都跟著點頭。我想，她應該不記得自己說過什麼話了。當然了，聖伯也是。

我們三人看著彼此，輕輕點頭。氣氛忽然又變得有些凝重。

「我能夠體會。」

三毛姐姐說。

「體會什麼？」

花乃子姐姐問。

「綾乃老師和光榮五女將。當時美術社裡的情形，我彷彿身歷其境。」

對哦，三毛姐姐的學生時代一定也是參加美術社。三毛姐姐看著我繼續說：

「聖伯用了『協同作品』來形容，其實還不到那個程度，只是單純的建議而已。比如幫對方看畫時說一句『這地方如果這樣畫會不會比較好？』諸如此類的情形在社團裡可說是司空見慣，就連社團指導老師不也一樣會給意見嗎？」

「也對。」

「說得也是。」

的確是司空見慣的場景。絲毫沒有可議之處。

「其實應該說，這才是社團活動的意義所在。」

花乃子姐姐說。三毛姐姐點頭同意。

「妳說得對，在社團大家都是這樣互相給意見的。只是，那位中野理惠女士，當時叫做坂川理惠同學，她的意見可說是一針見血，足以將那幅畫徹底改頭換面，宛如重獲新生。換句話說——」

「那位中野理惠女士擁有這種罕見的才華。」

三毛姐姐非常贊同花乃子姐姐的說法。

「沒錯！我相信當時她給的意見，遠比綾乃老師的指導更具有數百倍的強大威力。而綾乃老師也深知，只要聽從中野理惠的建議，一定能大大提升繪畫的境界。於是，綾乃老師讓她來指點包含自己在內的五名師生。」

「一般來說，」花乃子姐姐微微皺著眉頭說，「不過是給句建議，不可能讓整張畫變得截然不同，因此不會造成任何問題；但是中野理惠女士提供的意見卻是畫龍點睛，足以讓那幅畫在知名的畫展中得獎。」

「可是……」

「就是這樣。」

我有不同的想法。

「假如圖畫本身就很糟糕，就算提供再多的建議也回天乏術吧？顯然其他幾位本來就有繪畫的才華，並不是全然靠著中野女士的能力才獲獎的，難道不是嗎？」

「有道理。」三毛姐姐點頭。「我沒有親眼看到那些畫，不方便妄加評論，但應該就像妳說的，否則不可能獲得那樣的成績。所以她們本人或許都認為是靠自己的實力得獎的。事實上，唐澤文江女士已經憑藉一己之力成為畫家了，這就證明她是有才華的。問題是……」

三毛姐姐說到這裡停了下來。

她低著頭思索片刻，才又抬起臉來。

「中野理惠女士從那個時候就產生了一個想法：就因為自己給了建議，幫助其他人的畫作增添光彩，得以和自己同一屆獲獎，導致自己獨特的畫風被埋沒其中，形同親手斷送了成為畫家的光明前程。因此，她多年來始終心懷憎恨，也是理所當然的。」

花乃子姐姐嘆了氣。

「而這就是恨意的緣由。」

原來是這麼回事。

十一 罌粟×天竺葵×矢車菊

「她說要換成罌粟花？」

三毛姐姐開口確認，花乃子姐姐抬手扶著弧度優美的前額，閉起眼睛思索片刻。三毛姐姐納悶地偏著頭，為我們端來盛著冰紅茶的杯子擱在桌上。杯身上的水滴看起來真是沁涼無比。紅茶經過冰鎮以後，依然散發出濃濃的香氣。

今天格外悶熱，白天大家做事時也一邊嚷嚷著熱死了，一邊大口灌飲瓶裝水。入夜後暑熱未散，三毛姐姐住的老公寓沒有裝空調卻舒爽宜人。不曉得是因為剛換新的榻榻米觸感，還是從敞開的窗子送入的涼風。

「姐姐說的罌粟花，就是鴉片花吧？」

聽到我的問題，花乃子姐姐抬起臉，點了頭。中野理惠女士來電要求更換榮退歡送會上使用的花種。

為了商討當日事宜，我們兩人在打烊後來到了三毛姐姐家。

那一天終於即將來臨。距離榮退歡送會還有四天。

「可以這麼說，鴉片花也屬於罌粟的一種。在日本，一般以鴉片花泛稱罌粟科的植物。」

「那麼，中野理惠女士所說的罌粟花是指？」

三毛姐姐詢問。花乃子姐姐輕嘆一聲。

「通常花店採購的是姬罌粟，所以中野女士要的是這個。她要求只有綾乃老師的座位不放白薔薇，而要換成白色的罌粟花。」

白色的罌粟花。姬罌粟。

「它的花語是？」

我繼續問。花乃子姐姐先是緊抿嘴脣，隨後才開口說：

「『遺忘』。」

感到不妙的三毛姐姐不禁瞇起眼睛。

遺忘？

「遺忘什麼？」

「忘記一切。多年來的記憶和回憶及所有的一切統統沒有記住，那就是遺忘。」

「天啊！」

我不由得叫出聲來。中野女士要用的花居然有這樣的花語。

「萬一綾乃老師知道這個花語……」

三毛姐姐說到一半，花乃子姐姐的臉色旋即黯淡下來。

「想必立刻明白她意有所指吧。綾乃老師知道花藝布置是由籌備幹部中野女士她們去洽談的，而其他座位的花一概是花語為『由衷尊敬』的白薔薇，再看看只有自己的桌上是白色的罌粟花，一下子就懂了。」

「太尖酸、太刻薄了。」

「真的很苛刻——」

我和三毛姐姐正在打抱不平，一旁的花乃子姐姐又嘆了氣。

「關於白色的罌粟花有著這樣的傳說。好像是希臘神話吧？有一位睡神名叫許普諾斯。」

「我聽過，但只聽過名字而已。不是叫修普諾斯嗎？」

「喔，也有那樣的譯法。芽依，妳知道的還真不少嘛。」

「忘了是在電玩還是漫畫裡面看過的。」

「原來如此。」

花乃子姐姐和三毛姐姐相視點頭。

「那個睡神居住的洞窟前有著一大片盛開的白罌粟，那地方聽不見動物的叫鳴，也聽不到吹拂花草的風聲，猶如一個死寂的世界。」

「好可怕！」

「洞裡唯一會動的只有『遺忘之河』的流淌。而且許普諾斯還將罌粟花撒於大地之上，讓所有的生物都陷入沉睡。換言之——」

「要讓所有的生物忘記一切嗎？」

點著頭的三毛姐姐接口說道：

「也許是這樣吧。」

我聽過一些神仙傳說以及神話之類的故事，奇奇怪怪的還真不少。我很懷疑，那真的是神仙嗎？該不會根本是變態吧？

「來得及找到花材嗎？」

三毛姐姐問。

「來得及，那不是問題。無論多麼罕見的植物，只要去千木庭女士的蒲公英，她一定會想辦法幫忙找到的。」

「說得也是。」

來到這裡工作之後去過好幾趟了，千木庭女士那裡簡直是一座百寶園，各種花卉不分時節爭奇鬥艷，即使園裡沒有的花也會幫忙蒐羅。我甚至懷疑，真正會使用花語魔法的女巫其實不是花乃子姐姐而是千木庭女士吧。

「找花材倒不是問題，問題是事情怎麼會變成這樣呢？」

既然客戶提出要求，就只能按照指示進行布置了。我們沒有拒絕的權利。

八月十五日。即將於白崎飯店鶴廳舉行的榮退歡送會。

「看來，我們只能祈禱綾乃老師不知道花語了。」

三毛姐姐說。花乃子姐姐喝了一口冰紅茶。敞開的窗子外面傳來貓叫聲，三人不自覺齊齊望向窗外。

「對了，相親的日期訂好了沒？」

三毛姐姐接著說。她似乎刻意換個話題。

「訂是訂好了，就在同一天的晚上。」

「同一天？」

花乃子姐姐和我一起點了頭。榮退歡送會從中午開始舉行，我們必須在那之前完成布置，所以時間上倒是毫無衝突。

「小柾之前不肯透露的那個預做準備，到現在還是不讓妳知道吧？」

「就是說嘛！」花乃子姐姐不滿地嘟起嘴巴。「什麼事情都得聽他一個人的決定。他說榮退歡送會當天晚上的時間方便，相親就訂在那一天，還說為了製造戲劇效果，等到當天兩家店都打烊了以後，再告訴兩個當事人現在就相親。」

「反正地點就在自家餐館，不必特別張羅，這點倒是挺省事的。」

「要說省事可真省事。他還說相親的司儀和致詞等等的細節全都交給他包辦，韮山家和二宮家只要那天營業時間結束後分別告知自家的當事人等下要相親，然後請二宮家調整桌座，我們則浩浩蕩蕩前往La Française，這樣就行了。」

「是哦。」三毛姐姐輕輕點頭。「小柾一定有相當充足的準備，連我都好期待他做了哪些安排呢。」

「我可是戰戰兢兢的，唯恐會對二宮家失禮。」

花乃子姐姐抱怨。

其實我心裡同樣七上八下的。因為瞞著花乃子姐姐做準備的不光是小柾哥哥一個，還有我這個小幫手。

我的任務是信哉師父。

小柾哥哥認為非得化解花乃子姐姐和信哉師父的心結不可，並將這項重任託付給了我。我絞盡腦汁、苦思冥想、搜腸刮肚……想到腦殼都快炸開來了，結果別說一個了，連半個好計謀都擠不出來。儘管擠不出好計謀，我倒是醍醐灌頂豁然開竅——最好的方法就是屏除雜念，依隨本心。

因為我想起了自己當初下定決心離開學校的那個時候。

當時我實在不知道自己該怎麼辦，根本數不清煩惱了多少天，最後我決定誠實聆聽自己的心聲，就這樣做出了決定。現在回想起來，那確實是最好的結果。

所以，我想要誠摯地告訴花乃子姐姐與信哉師父：

「大家都很擔心你們，請說出你們真正的心聲。」

我決定這樣拜託他們兩位，去問了小柾哥哥這樣做好不好，他說很好，還附贈誇張的花式點頭，假如轉換成文字鐵定是後面連加三個驚嘆號的「很好！！！」

「就這麼辦！芽依，妳去觀櫻寺拜託信哉兄，把這次的事一五一十地告訴他，請他在相親那一晚來 La Française。」

「什麼？要請他來 La Française？」

我很訝異，這不在我的預料之中，原以為或許可以請他到家裡來。

「他和我們就要成為一家人了，所以才要請來和大家敘敘舊。橫豎要來乾脆一起出席相親，這有什麼好奇怪的嗎？」

「呃……」

話是沒錯。

「可是，他們兩人目前的狀態大家都知道，如果相親的時候信哉師父突然來了，別說花乃子姐姐了，就連二宮家也會嚇一大跳吧？」

「芽依，就是那裡啊！」

「哪裡？」

「關鍵就是讓信哉兄自己決定來到全家出席相親的 La Française。」說到這裡，小柾哥哥兀自點頭，呼了一口氣後，溫柔地笑著看我。「這些年以來，我和小柊始終不知道該對信哉兄和姐姐說些什麼才好，也不敢當面問他們有什麼打算或者想怎麼做。至於身邊的親朋好友，更沒有人敢輕易碰觸這個話題。就在這個時候，芽依，妳來了。」

我？

「春風將活潑可愛滿臉笑容的小表妹送到了韮山花坊。妳知道嗎？沒有風，花就無法繁衍了。」

我知道。種子借助風力送往遠方，代代相傳。

「開在原野上的花都是靠風力播種的，就連幫忙搬運種子和花粉的蟲鳥也需要風送牠們一程。芽依就是春風的化身。信哉兄每回和送花到寺院的妳聊幾句時，臉上的表情總是很開心。我想，只要由妳開口邀請信哉兄『請您出席相親宴』，一定可以讓他下定決心，來到大家的面前。妳就是為大家帶來幸福的春風。」

小柾哥哥對我說了那番話。如同他的預測，當我到寺院對信哉師父照實轉述後，他雖然吃了一驚，仍然點頭說「我知道了」，並且答應出席相親宴，屆時也會把最真實的心聲告訴花乃子姐姐。

當然，他的意思是，若是能夠得到原諒，他想和花乃子姐姐攜手共度餘生。

可是，我到現在還有點擔心。

我擔心的是，信哉師父突然現身La Française，嚇一跳的花乃子姐姐會不會生氣呀？小柾哥哥向我拍胸脯保證絕對沒問題！

我實在很佩服小柾哥哥無論任何時刻總是滿懷自信。如果那股自信能夠撥一些給小柊哥哥，大家就用不著像這樣為他操碎了心哪。

「反正呢，」花乃子姐姐說，「相親的事只好全權交由小柾處理了。我想應該會很順利的。」

「最重要的是當事人雙方的意願，而這一點已經得到確認了。」

三毛姐姐說。我和花乃子姐姐也點頭。我想，一切都會順利的。

「有問題的是榮退歡送會。」

三毛姐姐面色凝重地說。已經講好當天請她協助了。出席者總共一百五十三人，所以要做一百五十三組花飾。這是韮山花坊創業以來的最高紀錄。上午時段暫時店休，一早開始全力衝刺的有花乃子姐姐、我、小柾和小柊哥哥，同時請來三毛姐姐及海斗助陣。前一天就要先做準備了。至於會場布置，半個工作天一定可以準時完工。

「花乃子姐姐。」

「嗯？」

「我想再去一趟綾乃老師家。她上回說了歡迎我隨時去玩。我要告訴她。」

「告訴她什麼？」

「罌粟花的事。我要讓她知道，中野理惠女士指定在老師的座位擺上白罌粟，還要告訴她罌粟的花語。我覺得這是唯一的方法了。」

聽我說完，三毛姐姐點了頭，花乃子姐姐則直勾勾地看著我的眼睛。

「也好。」

三毛姐姐輕聲說，花乃子姐姐也點了頭。

「芽依已經和她見過一面，也提過由花店承辦歡送會場布置，事先去報告一下並沒有不妥。」

「就是說嘛！到頭來終究得自己面對，我們這次只能幫到這裡而已。」

三毛姐姐說著，朝花乃子姐姐肩頭拍了一記。花乃子姐姐吶吶地說了一句「也對」，再次輕輕點頭。

「不過，既然芽依透過這個機會認識了綾乃老師，我還可以繼續幫點忙。去報告那件事時，順便帶個花過去。」

「帶什麼花？」

「芽依的生日花，木立百里香。」

木立百里香。

花語是，勇氣。

三毛姐姐偏著頭想了想，接著想通了似地點點頭。

「希望綾乃老師能拿出勇氣，對吧？」

「我能做的就只有這個了。」花乃子姐姐說。「當天完成會場布置以後我們工作就結束了，沒有資格留下來出席榮退歡送會，即便擔心，也無從得知在那場盛會中將會談到什麼事，又會發生什麼事，唯有獻上祝福了。除此之外……」

「除此之外？」

「本花店免費贈送中野女士等五位籌備幹部每人一朵胸花吧！」

胸花？

花乃子姐姐微笑著說：

「讓籌備幹部在舉行榮退歡送會的時候別在胸前的胸花。就當作感謝幾位給了這筆大生意的小禮物。怎麼樣，名正言順吧？」

「對哦。」

藉此機會，在籌備幹部身上施展花語魔法。

「要送什麼花呢？」

花乃子姐姐略為思忖，說：

「天竺葵。它代表真實的友誼、美好的回憶、感謝以及愛情。旁邊再綴上黃薔薇吧。會場是一片白薔薇的花海，這樣可以讓幹部更顯眼。它的花語是友情和尊敬。」

「這個好！」三毛姐姐開心地笑著點頭。「無論時代潮流如何變化，還是應該好好珍惜這些古老的價值。對這種價值棄之如敝屣的人，遲早會遭到其他人的唾棄。」

「說得對。」花乃子姐姐也點頭。「就這麼做。」

「嗯！」

我也點了頭。每天都能在如此體貼入微、關懷備至的環境中工作，我同樣心存感激。

榮退歡送會當天。我們在指定的時間前往飯店布置會場花藝。我一邊忙活一邊祈禱著請讓花語魔法對綾乃老師以及中野理惠女士發揮效用。

在將罌粟花放到綾乃老師座位上的時候，我回憶起到老師家報告罌粟花的事。老師聽完，只輕輕說了聲「這樣嗎」，久久望著地面。過後，她抬起頭來給我一個笑容，「謝謝妳告訴我」，但臉上的表情有幾分落寞。

所以，在布置的時候，我一直祈禱著當歡送會結束時、當這場盛會落幕以後，綾乃老師的臉上能夠浮現一絲笑意。

第一次布置那麼大的會場讓我充滿了幹勁。在海斗和三毛姐姐的幫忙下，鶴廳變得美輪美奐，這些天來的辛苦都值得了，大家離開飯店時臉上都帶著滿足的笑容……

以及盼望花語魔法奏效的心願。

回到店裡立刻恢復正常營業。我工作時頻頻看錶，一直掛念著榮退歡送會那邊的情況，也和同樣憂心的花乃子姐姐互看了幾眼。

看時間差不多結束了，又等了好一會兒依然沒有等到綾乃老師和那幾位幹部的聯絡。寶飯中菜館的光枝老闆娘說過，歡送會結束後還會接連再續第二攤和第三攤，相信她一定會趕上第二攤的。

我只能在這裡嘆著氣乾著急。花語魔法並不是萬能的。我們能做的真的並不多。花乃子姐姐安慰說我們已經盡力了。

對，現在不是垂頭喪氣的時候。

小柊哥哥的相親就要開始了。

營業時間結束，小柾哥哥對著正在忙著收拾的小柊哥哥說：

「小柊，今天晚餐去 La Française。」

「喔，好。」

平常每星期總有幾次外食，小柊哥哥並不訝異，只微微點頭表示知道了。

「所以……」

「嗯？」

「你不是剛買了一套西裝嗎？穿那套去。」

小柊哥哥一臉問號地看著小柾哥哥。

「為什麼要穿西裝？要慶祝什麼嗎？」

小柾哥哥嘴角上挑，得意揚揚地看著小柊哥哥。

「今天要相親，你和美海的。」

小柊哥哥大概一時沒聽懂這段話的意思。只見他停了一拍，兩人眼神交會，下一秒……。

「相親！」

小柊哥哥張著大嘴闔不上，眼睛瞪成了牛眼。那麼醜的表情看起來還是帥，真傷腦筋。

「對，相親。我再說一次，是和美海。就現實狀況而言，這是一場以結婚為前提的交往發布會。」

小柾哥哥說完一長串後，小柊哥哥的嘴巴一張一闔的。

「為什麼、為什麼要……」

「小柊。」

小柾哥哥忽然斂起笑意，一臉正色，伸手搭在小柊哥哥的肩上。小柊哥哥見狀，似乎感覺到了什麼，闔上嘴換上嚴肅的表情，凝視著小柾哥哥。

「我沒有跟你開玩笑，快換衣服出發了。二宮家早就打烊等著你了。」

小柾哥哥就這樣把一臉茫然的小柊哥哥帶回房裡，等到他們一起下樓時，兩人都換上西裝了。我和花乃子姐姐當然也利用這段時間把自己稍微打扮了一下。

出了店門，小柾哥哥和小柊哥哥搭著肩邁開步伐。

並肩而行的他們真的從身高到體型都完全一樣，不同的只有髮型而已。如此神似的雙胞胎實在很少見。

我和花乃子姐姐望著兩人的背影，有默契地相視一笑。我們跟在小柾和小柊哥哥後面走在花開小路商店街上。

此時小柊哥哥的心臟一定撲通撲通狂跳，其實我也一樣心臟撲通撲通狂跳，深怕被花乃子姐姐識破了計畫。

信哉師父，到底會不會來呢？如果來了，會不會惹花乃子姐姐生氣呢？

今天從一大早就過得提心吊膽的。當初決定輟學的時候好像也沒那麼緊張。

「您好。」

La Française 的大廳。客人都離開了，整理好桌面的海斗正在幫大家拼出一張大桌子。

「歡迎光臨！」

店裡只有海斗一個人。一看到我們，立刻露出熱情的笑容。我覺得他以後一定會成為一個出色的老闆，因為無論什麼時候來到店裡，他總是帶著親切的笑容，和平常那個木訥的他判若兩人。

「請坐，他們馬上就來了。」

我們讓渾身僵硬的小柊哥哥坐在正中間，他的一邊是花乃子姐姐，另一邊是我。小柾哥哥說自己要擔任司儀，所以站著等就好。

海斗的爸爸從店裡走了出來，笑得很開心，我們趕緊起身問好。這時，海斗的媽媽陪著美海姐姐也從裡面走了出來。

美海姐姐穿著一件從沒亮過相的美麗洋裝，我忍不住「哇」的一聲叫了出來。太令人驚豔了。她害羞地低著頭，根本不敢看向小柊哥哥這邊。

眾人寒暄過後，正準備落座，就在這時……。

從裡面又走出了一個人。

信哉師父。

不是修行服，今天的信哉師父同樣穿著西裝。大為震驚的花乃子姐姐身軀一顫，凝視著信哉師父，接著望向小柾哥哥。當然，小柊哥哥也十分吃驚。

「小柾，是你叫的？」

花乃子姐姐低聲詢問。小柾哥哥點了頭。

「我拜託芽依幫忙的。好，演員全部到齊了，想必各位有很多話想說想問的，請先就座吧。」

信哉師父猶豫著不知道該坐在哪個位置才恰當，小柾哥哥推著他來到花乃子姐姐身旁的座位。

人數剛剛好。

這一排是信哉師父、花乃子姐姐、小柊哥哥和我。

那一排是二宮伯伯、江見伯母、美海姐姐和海斗。

小柾哥哥仍是站著，笑嘻嘻地看著大家。

「二宮伯伯，不好意思，容我先報告一件事。」

二宮伯伯笑了。

「先請先請！」

小柾哥哥看著小柊哥哥。

「小柊。」

「什麼事？」

小柊哥哥的聲音分岔了。小柾哥哥溫柔地笑了。

「我要去英國了，明天出發。」

霎時，眾人目瞪口呆。

當然，我也一樣。

「明天？」

「英國？」

「啊？」

「為什麼？」

「去幹嘛？」

「不會吧？」

大家愣了一下，接著同時各說各話。小柾哥哥好整以暇地欣賞眼前這滑稽的一幕，笑著點頭。

「我從以前就在思考這件事了。我想到園藝發源地英國學習正統的園藝學問，包括英式花園、玫瑰園、歷史悠久的園丁技術以及植物知識等等一切，當然，是為了韮山花坊。」

「小柾——」

小柊哥哥正想說些什麼，卻被小柾哥哥揚起的右手打斷了。

「說白了，我是韮山花坊的主力球員，而姐姐雖然是當家娘，但單靠姐姐一個人根本忙不過來。所以，在我離開的這段時間，必須找到能夠委以重任的人。話說回來，二宮伯伯。」

突然被點到名的二宮伯伯有些吃驚。

「唔，什麼事？」

「依您看，我出國以後，就憑目前的小柊加上芽依兩個人，恐怕還是不足以撐起整家店吧？」

「這個嘛……」二宮伯伯苦笑了。「呃……或許……大概吧。」

「美海，噢抱歉，美海小姐。」

「有！」

美海姐姐陡然坐正，看著小柾哥哥。

「我不在的這段日子，麻煩妳協助小柊。請用那溫柔的笑容，一起守護 La Française 以及韮山花坊。從明天開始就迫切需要妳的幫忙了。還有，信哉兄。」

信哉師父始終凝視著小柾哥哥。

「算我求您了啦，讓我們兄弟倆圖個輕鬆吧。我從很久以前就覺得真的已經夠了，當然，小柊也是同樣的想法。」

小柊哥哥緊抿著嘴唇。

「請您和姐姐結婚，守護韮山花坊，直到我回來……當然即使在我回來以後，大家仍然在一起永續經營。麻煩您了。」

小柾哥哥深深地鞠躬。

在場所有人望著他，接著彼此相視。

我……我不知道該說什麼才好。

信哉師父深深吸一口氣，呼了出來。

「柾。」

「請說。」

「今天來到這裡，就表示我的決心，接下來只等花乃子的原諒了。那是後話，今天的主角是柊和美海小姐。」

「說得也是。」

小柾哥哥笑了。

「小柾。」

花乃子姐姐緩緩地說。

「幹嘛？」

「二宮伯伯，對不起，請容許我占用一點時間確認一件事就好。小柾，你說明天要去英國學習，在那邊要怎麼過日子呢？」

小柾哥哥彷彿就等這句話似地用力點頭，朝著 La Française 的玄關邁開大步，打開店門。

沒想到。

「聖伯！」

大家又同時提高嗓門驚呼了。聖伯持著手杖，捧著花束，滿面是笑地站在門前。

「對不起，讓您久等了。」

小柾哥哥致歉。

「別擔心，我剛到，時間正好。」

聖伯優雅地走進店裡，向大家躬身致意。

「二宮老闆，花乃子小姐，我只說幾句話便告退。是小柾君請我幫忙聯絡了一位英國朋友的。至於居所也不必擔心，我在利特爾漢普頓有間小房屋，儘管住下無妨。……花乃子小姐。」

「您請說。」

聖伯露齒而笑。聖伯說的「花乃子小姐」聽起來還是像「花哪枝小姐」。

「一切無須憂心。他在英國期間，將在我的園藝師朋友那裏擔任供三餐的助手，類似日本古老時代的寄宿學徒。至於借住我家，那房子平常是空屋，得有人住才不容易壞，況且小柾君一定會細心打理的。

換言之……」聖伯看著小柾哥哥，「我只是把他介紹給一位老朋友，沒有增添任何麻煩。何況，能將這條花開小路商店街上有志學習我故鄉的歷史、技術的年輕人送到我的祖國進修，沒有比這個更令人欣慰的事了。」聖伯接著說道：「令弟的雄心壯志，值得自豪。花乃子小姐，依我這個老人家來看，該是妳為自己的幸福著想的時候了。令先君與令先堂在天之靈，一定也是這麼認為的。」

語畢，聖伯兀自頷首，將手中的花束送給了花乃子姐姐。花束外面裹著一層白報紙，不知道裡面是什麼花。

「這束花，」聖伯笑著說道，「非常抱歉沒能在貴店購入，就當是班門弄斧，送上一份小禮物。」

花乃子姐姐輕輕揭開了白報紙。裡面是可愛的藍花。

「矢車菊……」

花乃子姐姐囁囁說著，看向聖伯。聖伯笑咪咪地說道：

「和我有相同名字的這種花，花語是『幸福』。獻給二位。」

說完，聖伯轉身看著小柊哥哥和美海姐姐。

「小柊君、美海小姐。」

「您請說！」

兩人同時答話。

「願二位心想事成，永遠幸福。」

聖伯又笑咪咪地點了頭，向大家躬身說句「告辭」，便翩然離開了。他真的是為此特地來一趟的。

對哦，聖伯的日本名字是矢車聖人，和矢車菊一樣。

聖伯真了不起，連同名的花語都是「幸福」，就像他總是將幸福帶給大家一樣。

小柾哥哥突然雙手一拍。

「以上報告，到此——」

「小柾哥哥！」

「芽依，怎麼了？」

「哥哥之前說希望我們等到這一天，就是為了完成這些準備嗎？」

「沒錯！」小柾哥哥說著笑了起來。「就算我臉皮再厚，畢竟要拜託聖伯幫忙的不是小事，不僅要先查好英國那邊的相關資訊，我自己還得備妥一大疊資料製作簡報，之後再勞駕聖伯請對方提供證明好讓我申請工作簽證等等。多虧聖伯鼎力相助，總算全部辦好了。」

花乃子姐姐沒好氣地嘆了一聲。

「你實在是……」

說著，花乃子姐姐的眼角似乎有點濕濕的。花乃子姐姐站起來，向二宮伯伯和江見伯母鞠躬道歉。

「驚動大家了，真是非常抱歉。」

「好說好說。」二宮伯伯擺擺手，笑了。「雖然有點訝異，這也是小柾君為了這場相親而精心安排的必勝攻略。孩子的媽，妳說是吧？」

「就是說嘛。」江見伯母覺得很有意思似地笑著說，「我還擔心美海太緊張害大家都尷尬，事情不知道該怎麼往下談才好呢。」

說完，江見伯母又笑了起來。片刻，江見伯母她喚了一聲「信哉先生」。

「是。」

「還記得嗎？你還在上高中的時候。從那時候你和花乃子小姐兩個人就是甜甜蜜蜜的，一起來吃過好幾次午飯。」

「是的，我還記得。」

信哉師父也笑了一下，點了頭。

「我們夫妻倆雖然不是你們的親友，仍然是住在同一條商店街上的好鄰居。我們一直想著，有沒有什麼辦法可以讓你們兩位再一次來到我們店裡甜甜蜜蜜地坐在一起吃飯呢？今天願望終於成真了。往後還會一起來吧，花乃子小姐？」

江見伯母說完，看著花乃子姐姐。花乃子姐姐先低下頭，接著抬起來輕輕點頭。

「我們兩個會好好談的。希望能盡快再來這裡享用佳餚。」

「好！」

二宮伯父欣喜地笑著，往桌面拍了一掌。

「就這麼說定啦！今天真是個喜上加喜的大好日子。小柾君和花乃子小姐也在這一天邁向嶄新的人生旅程。那麼，開始上菜囉，大家都餓了吧？」

「爸爸，等一下！」

海斗急得舉起手來阻攔。

「怎麼了？」

「今天的主角是姐姐和小柊哥，可是兩個人都還沒講到話，也沒有人問他們的意見。」

「啊，對喔！」

眾人哈哈大笑。小柊和美海也看著彼此，既無奈又難為情地笑了。

「太好了！」

三毛姐姐猛點頭，朝花乃子姐姐的後背啪啪地連拍了幾掌。

「恭喜！每一件事統統恭喜！」

「謝謝。」

相親順利結束了。

後來大家一起吃飯聊天，天南地北。或許有些操之過急，但大家已經談到姐弟兩對可以一起舉行婚禮了。

從明天起，美海姐姐除了午餐時段以外，都在韮山花坊見習。

信哉師父在寺院的修行任何時候結束都無妨，只是還需要處理一些事務，因此接下來的幾個星期他會挨戶拜訪施主家辭行，之後就會到花店幫忙了。

聊了好多未來的計畫。

非常愉快且令人期待的從明天開始的計畫。

小柾哥哥明天上午就要出發前往英國了，所以他今晚連酒都沒喝，央託二宮家從明天起多多關照，然後就先回家了。

小柊哥哥顯得有些落寞。

因為自出生的那一天起，一直陪在身旁的小柾哥哥暫時不在了。不過，從明天開始，美海姐姐就會來花店幫忙了。在談這些事時，小柊哥哥的臉抬得高高的，感覺好像比之前更為挺拔。

於是，在回家睡覺前我們繞到三毛姐姐家報告一聲。

包括花乃子姐姐和信哉師父的喜訊。

「一切都是新的開始，順順利利的，真是太好了呀！」

「才不是呢，我一個頭兩個大！」花乃子姐姐苦笑著說，「小柾雖然說他會在那邊想辦法安頓自己，可是起碼一開始總得匯些生活費給他，而聖伯那邊也不知道該怎麼答謝才好，我都快愁死了。」

「用不著煩惱嘛。」三毛姐姐淺淺一笑。「聖伯只要看著別人高興的模樣就覺得無比幸福。要是想答謝，他最喜歡人家陪他喝茶聊天了。別忘了，他和矢車菊有同樣的名字喔！」

我覺得三毛姐姐這個提議不錯。因為每次我去和聖伯聊天時，他看起來真的非常高興。

「對了，花乃子、芽依。」

「什麼事？」

「妳們來得剛好。」

三毛姐姐邊說邊從包包裡掏出一個東西。

「這是什麼？」

「錄音筆。」

三毛姐姐摁下播放鍵，有個聲音傳了出來。是綾乃老師的聲音。

「……倘若我告訴各位，和妳們度過的每一天從沒有任何懊悔，那是騙人的。我必須藉此機會向各位致謝以及道歉。是妳們讓我活出了生命的光彩。在各位青春光芒的滋養下，我才得以成為開路引導的先行者；是妳們用生命的青春光芒來照亮那條路，我才能無所懼畏向前邁進，讓各位遙望我的背影。在此由衷感謝各位。

「然而，與此同時，我也曾因妳們過於耀眼的光芒而不得不轉過身去。想必有人曾受到我言行舉止的傷害。時至今日，仍然有人在想起那段回憶時便心如刀割。請容我在此致上最最誠摯的歉意。當時的一分一秒我從來不曾忘記。因為每一個片刻的回憶，都承載著我所深愛甚於性命的妳們。無論是甜蜜的回憶，抑或苦澀的回憶，那全都是與摯愛的妳們的共同記憶。」

喀嚓，三毛姐姐摁了停止鍵。

「飯店裡面有我認識的工作人員，拜託她幫忙錄了一小段。錄音檔等一下就刪除。花乃子，芽依，還有一件事。」

「嗯？」

「聽那位工作人員轉述，在歡送會結束後，綾乃老師和那群幹部全都流著淚聊了好久，每個人看起來都很開心、很高興、很幸福。」

「這樣呀。」

笑著輕輕點頭的花乃子姐姐吶吶地說著「真是太好了」。

我也開心地使勁點頭。雖不知花乃子姐姐的花語魔法究竟有沒有奏效，總之太好了。

花乃子姐姐吁了一口氣。

「走吧，芽依，明天得早起。」

「嗯！」

我們要比平時早起，一起去機場為小柾哥哥送行，然後回來開店，還得去花市才行。

每一天都是嶄新而愉快的開始。

PLP0074

花開小路二丁目的花乃子小姐

作者—小路幸也
譯者—吳季倫
編輯—黃煜智
校對—魏秋綢
行銷企劃—王小樨
插畫—上杉忠弘
封面設計—莊謹銘
內頁排版—綠貝殼資訊有限公司

總編輯—胡金倫
董事長—趙政岷
出版者—時報文化出版企業股份有限公司
108019 台北市和平西路三段二四〇號七樓
發行專線—(〇二)二三〇六六八四二
讀者服務專線—〇八〇〇二三一七〇五
(〇二)二三〇四七一〇三
讀者服務傳真—(〇二)二三〇四六八五八
郵撥—一九三四四七二四時報文化出版公司
信箱—一〇八九九臺北華江橋郵局第九九信箱

時報悅讀網—http://www.readingtimes.com.tw
思潮線臉書—https://www.facebook.com/trendage
法律顧問—理律法律事務所 陳長文律師、李念祖律師
印刷—勁達印刷有限公司
初刷—二〇二〇年五月一日
定價—新台幣三八〇元
(缺頁或破損的書，請寄回更換)

時報文化出版公司成立於一九七五年，
並於一九九九年股票上櫃公開發行，於二〇〇八年脫離中時集團非屬旺中，
以「尊重智慧與創意的文化事業」為信念。

花開小路二丁目的花乃子小姐／小路幸也著；吳季倫譯. -- 初版. -- 臺北市：時報文化，2020.05
320 面；14.8×21 公分
譯自：花咲小路二丁目の花乃子さん

ISBN 978-957-13-8130-5（平裝）

861.57　　109002874

ISBN 978-957-13-8130-5
Printed in Taiwan